邨莊令

魏振强 著

黄山书社

图书在版编目（CIP）数据

村庄令 / 魏振强著. -- 合肥：黄山书社, 2023.1
（原乡人书系）

ISBN 978-7-5737-0698-0

Ⅰ.①村… Ⅱ.①魏… Ⅲ.①散文集－中国－当代
Ⅳ.①I267

中国国家版本馆CIP数据核字（2023）第017497号

村庄令
CUNZHUANG LING

魏振强 著

出品人 葛永波
责任编辑 张月阳
扉页题签 叶兆言
内文插图 潘 军
责任印制 李 磊
装帧设计 有品堂_刘 俊 张俊香
出版发行 黄山书社（http://www.hspress.cn）
地址邮编 安徽省合肥市蜀山区翡翠路1118号出版传媒广场7层 230071
印 刷 安徽联众印刷有限公司
版 次 2023年4月第1版
印 次 2024年5月第3次印刷
开 本 880mm×1230mm 1/32
字 数 154千字
印 张 7.5
书 号 ISBN 978-7-5737-0698-0
定 价 42.00元

服务热线 0551-63533706
销售热线 0551-63533761
官方直营书店（https://hsss.tmall.com）

序

胡竹峰

那次台风真大，一行人被关在酒店，两天闭门不出，读书写作，手稿还在，不过六七年时间，竟也多了斑斑岁月的旧痕，其中有给魏振强先生文章的题记：

振强的文章不好说，不好说在自然上。一花一草，风物山川，是案头的山水，刻意随意之间，轻描淡写一部村庄志。振强人有喜气，文章却极静，字里行间甚至偶见羞涩，这是行文的心性，也是其人的禀赋。振强文章写得太少，真真极其可惜，他并不欠世间一本两本书，奈何读书人总有痴气。像童年口袋里的糖果，唯恐易尽，眼见一粒粒少了，不由得心惊。

这些天在台湾岛上游荡，夜里睡得迟，只因重读振强的文章，像过去第一次看，新鲜感兀自不退。这批作品开了风土人情写作之新境界，有些白描，有些抒情，又铺排又节制，像是读一套连环画，跌宕起伏。

中国文学向来不乏风物谈，振强的风物谈里有风雨，有人生的阴晴圆缺。明灭在文章气象里，有一种舒缓的语境，是好文学的质地。《夕阳下山岗》写到结尾：“那晚，我煮了一大锅稀饭，和父亲吃了。”这是善写自然之境的笔墨。

振强写桃花山，写麻木，其间慈悲心肠，下笔又不一味凄切，朴素若水，悠悠荡荡晃过来，悠悠荡荡止住，静静地开幕，静静地散场。昔年读泰戈尔《飞鸟集》，最喜欢其中几句，抄下来，送振强，也算作他文章的小注：

当日子完了，我站在你的面前

你将看到我的伤疤，知道我

曾经受伤，也曾经痊愈

二〇一六年九月二十七日，台北

当年散编的文章终于要集成一册《村庄令》，不亦快哉。

村庄真是一曲小令——

一曲《村庄令》是牧童归家时的笛箫。

一曲《村庄令》是亲人的叮咛与望眺。

一曲《村庄令》是竹杖芒鞋穿林打叶。

一曲《村庄令》是卧听瓦屋风吹雨下。

一曲《村庄令》是烛光炉火灯下夜话……

村庄千古依旧，多少人事一去不回，那些亲人，曾经的玩伴，无处寻觅。无论繁华的日常还是朴素的生活，总被风雨无情吹打去。斜阳中望见山岗，那边是外婆家。外婆早已走远，当年小小的顽童也长大了。一代代岁月更始，相似的日出日落，不同的悲欢离合。

读这本《村庄令》，每每有不自禁的感动，感动之后是伤怀。一滴露珠的晶莹，一抹晚霞的灿然，檐雨剔透如散玉碎珠，一阵风吹过稻谷麦田菜畦，两只站在树梢的黄鹂，一行飞上天空的白鹭，真让人惦记让人怀想。

鲁迅说废名《竹林的故事》“冲淡为衣”，魏振强文笔清淡简洁，与先贤呼应，不取废名的奇崛，只作朴素的白话，情深在焉。而情深处，也只是轻轻点染，举重若轻如井口的水黾，轻灵，跳跃，虽一笔笔落实，却有飘逸气，凌波微步大抵如是吧。

魏振强写的是他曾经一日三餐的日常，其中也有梦想的幻景写象，是作书人的心相。旧作里我谈过：文章到底要有心相，古人说境由心生，相由心生，甚至静也由心生。好作家有两支笔：写生之笔，写意之笔。一味写生，笔墨容易凝滞；一味写意，少了形象。作文如作画，似与不似之间须恰好。好文章之妙，神形皆备；写生时三分写意，风致摇曳；写意时三分写生，要有恭敬心。好文章不过是恭敬的一段风致。孟子说：“恭敬之心，人皆有之。”但天下文章，实在有太多不恭敬的浮皮潦草。

拙作忝列为序，对不起如此好文章，恕我不恭敬了。

以此寄情，问振强尊兄大安，乐无事，好酒食，多文章，无愁绪，祝吉祥如意。

是为序。

二〇二二年六月一日，合肥，作我书房

目录

第二辑　第一场霜

第三辑 模糊的面孔

第四辑　外婆，安好

第一辑

夕阳下山岗

夕阳下山岗

五岁那年，父亲把我送到外婆家。第二天一大早，他就要回去，外婆领着我送他，穿过门口的小巷，走过一条塘埂，路过两户人家的门口，再到一个塘口，我们立住了。父亲上了大坝的埂，他肩上两只装着米的稻箩，在身子两侧晃悠着。他上了一条被松树簇拥的山路，再爬上一座山岗，最后消失在山岗的背后。

外婆拉着我，往家走，取了一把伞，把我领到田里。已经有很多人在田里忙着薅草。外婆撑开伞，挡住阳光，让我坐在阴影里。

我木然地望着外婆——她瘦小的身躯弯曲着，手不停地拔着田里的草，拔一会，就往田埂上扔一下。她还不时抬起头来看看我。我坐在田埂上，脑子里不停地晃荡着父亲的影子——他到那个水库边了吗？他该经过那片坟地了吧？……想着想着，头有些昏，不知不觉睡了过去。也不知过了多久，我被外婆推醒，她让我站起来，又看看我的身上有没有蚂蚁，然后领着我朝另一条田埂上走去，再撑开伞，让我坐下来。

太阳已经到了头顶，外婆还没有收工的意思，我又想到了父亲——他到那座名叫“西塔”的山了吗？山上有没有人走？会有狼吗？

终于挨到了收工。外婆领着我回家，烧饭，吃饭，她又要上工了。她还是拿着那把宽大的油纸伞，带我到田埂上，撑开，让我坐在伞下。

到外婆家的头几个月，白天的时光里，我差不多都是这样在田埂上坐着的。我心里很讨厌坐在田埂上，不能像别人那样，可以和他们的哥哥弟弟或姐姐妹妹们玩，我的哥哥和弟弟在老家；我也不像别人那样有爷爷奶奶看着，我唯一的亲人就是外婆，她要到地里做活，养活她自己，养活我，她要多挣工分，好多分些粮食，给我的父亲挑回去。她不敢把我独自留在家里，怕我去玩水。她带我往田里走的时候，说过很多次：水塘里有水鬼，小孩子要是在水边玩，就会被它们拖下去。路过水塘的时候，我总会想到水鬼，紧紧地揪住外婆的袖子，把脸撇向一边。

后来我和菊英熟了。她的妈妈让她带着我，再三叮嘱她看着我，不让我到水边去。我每天跟在她后面，她淘米，我就跟在后面提个篮子；她烧饭，我就在她家的堂屋玩。她有时还在灶膛里埋个山芋，烧熟了给我吃。我最喜欢跟着她放牛，去山上，玩跳房子，抓石子。她还到别人家的地里偷甜瓜、西瓜，洗干净了，和我偷偷地吃，吃完了，再把瓜皮埋在土里。

但我还是想我的父亲、母亲。

菊英家在一个水塘边，前面是水田，站在水田埂上，可以看到东边和西边的山岗。我知道我的老家离外婆家很远，父亲或者母亲要是来的话，肯定要到太阳快落山的时候，而且是从东边的山岗上过来。菊英开始烧晚饭，太阳就快落山了。我跑到门前的田埂上，往东边望，看到男人模样的挑着担子或者女人模样的拎着篮子，就想会不会是我的父亲或者母亲。但山岗离我太远，看不清。有一两次，我跑到大坝埂上，看那人慢慢走近、走近。哦，不是我的父亲，也不是我的母亲。是别人的父亲，或是别人的母亲。我只好往回走。走到菊英家门口，她正在东张西望，然后朝我叫："你跑哪去了？我到小铁头家找你，到小马家找你，都没找到，你跑哪里去了？"我不好意思跟她说我是去大坝埂上看人去了，不然她肯定更生气，会骂我是呆子。

小姨娘出嫁的头几年，外婆大概是太想她了，经常去她家，有时也带着我。小姨娘家离外婆家不是很远，十几里路。我和外婆穿过村子，就到了西边的那个山岗，路边不远处，是我外公和大舅的坟，我望一眼，又望一眼。我看了看外婆，她正低着头往前走，我心想：她没朝坟那边望过吗？我外公和大舅在里面躺着呢！

再往前走，穿过一个山洼，一坨一坨的坟包鼓出来，脚踩着路上的草，会发出窸窸窣窣的声响，像是有人顶在身后。我一般都会走在外婆的前面，外婆跟在后面，一路小跑，责怪我不该走得那么快。我也不管，只想尽快离开那个山洼，只想不要再看到那些坟包。

到了一个水库边，水绿莹莹的，山和树的影子倒映在里面，一些水鸭子在悠闲地划着水，几只白色大鸟扇动着翅膀，飞起又落下。再穿过几个村庄，就到了一个叫方山口的村子，边上有条河，有船在里面行，船上有高高、大大的白帆，被风扯得平平整整。我有些好奇：船往哪儿行呢？要是坐着船，会到我的老家吗？

又过了几年，我就不愿跟着外婆去小姨娘家了，她有时晚上不回来，就让别人陪我睡，有竹、有国（他们的老婆都是我外婆做的媒），还有小马、家国等，都陪过我，但他们都要到天黑才会来。我有些害怕，早早关了门，待在堂屋里，不敢到房间去。但还是怕，就想到了鞭炮，点一个，从窗口扔到外面，过一会再点一个，心想，狼和鬼都是怕鞭炮的。有时放了十几个鞭炮，有竹或家国才会来。

外婆一般都是一大早去小姨娘的家，回来的时候差不多都在傍晚。每到太阳快落山，我就会跑到菊英家门口的田边，往西边的山岗上望，要是看到一个瘦小的身影，就想着是我的外婆。但山岗有点远，看不清，我就往村子的西头去，站在一个土坡上看。有一次看到天黑，也没看到她。我赶紧往家走，走到家门口的那个巷口时，黑咕隆咚的，再也不敢往前走了，就折过身子，跑到有国家，等他吃完饭，忙好了家里的事，再领着我到外婆家。

过了半个月，外婆又要到小姨娘家去，临走前说第二天晚上就回来，让小铁头陪我睡。第二天傍晚，太阳快落山时，我又走到菊英家门口的田边，看太阳慢慢地从天上往下坠，看西边的山岗被染得红红的，但就是看不到一个人影，后来阳光差不多全散了，还是没人影。正准备往家走，又忍不住朝东边的山岗望了一下，目光收回到大坝埂上的时候，看到一个非常像父亲的男人，正挑着两只稻箩往村子里走来，我撒开腿跑到村子的东头，立在塘口边一看，果然是我的父亲！

我立在那里，动也不动，等着父亲走过来。

他一步步地走过来，肩上担着一担空稻箩。

父亲的眼睛不大好，快走到我跟前，才发现是我，他有些惊："你看到我来了？"

我说："嗯，看到了。"

我走在前面，父亲跟在后面。离外婆家还有老远的时候，我就把钥匙掏了出来，捏在手里。到了门口，我开了锁，用力一推，两扇门哗啦一下就开了。

那晚，我煮了一大锅稀饭，和父亲吃了。

那晚，我没让小铁头陪，而是和父亲睡在一张床上。

桃花山

不知道那座山何以有那么美好的一个名字。我在山上跑过不下百回，一株桃花也没见过。没有桃花的山为何叫作“桃花山”？是因为曾经有过桃花，还是因为一个有着浪漫情怀的人信口开河？一直想找一个人问问，但没问。知道的人说不定已经死了，活着的人也不一定知道，而且他们离我这么远，我和他们几十年没有联系，要是唐突地去打听，会让人觉得我的脑子出了问题。不过它因何而得名并不重要，重要的是，桃花山会一直在那里，我只要不死，总有一天会去看它。

桃花山不光没有桃花，也并不像我后来见过的很多山那样，有着大片大片金灿灿的野菊花、红得耀眼的映山红，或者紫色的矢车菊，它除了春天里有藏在草丛里的山里红的红色之外，差不多只有一种色彩——绿色。那是密密匝匝的矮小的松树织成的绿。桃花山不高，四五百米的样子。上小学的时候，曾多次参加学校组织的爬山比赛，跟在红旗后面，从山的西侧，花两个多小时就爬上去了。山顶上除了几块巨石和一个大坑，啥也没有。但站在山上，可以看到远处的山，还有我外婆的那个村子，看起来那么小，像我外婆一样瘦小。有一次在山顶上，我犯了糊涂心思，踮着脚，朝东望去，想看我老家那个叫“大庄”的村子，想看看我的父亲、母亲在干啥，想看看我的哥哥和弟弟在跟谁玩，结果看到的是自己的泪水。

去桃花山最勤的时候是在春夏之交。满山的草绿了、嫩了，我们都喜欢把牛往那儿赶。有黄牛，也有水牛，都是生产队的。放一天牛可以挣一个工分，值七八分钱或者一毛钱。去牛圈迟的人只能领到黄牛，不光骑着不舒服，跑起来不快，而且黄牛性子野，喜欢乱跑，不像水牛基本上就待在一个地方慢腾腾地啃草。我有一次贪玩，把一头黄牛弄丢了，后来下了大雨，整座山像顶着个大锅，黑压压的，其他的孩子骑上牛背，狠抽牛屁股，飞快往山下跑，我找了很长时间也没找到那头黄牛，只好哭着跑回村子，叫来了菊英，让她陪着我四处找，直到天真的黑下来，才把牛找到。

春夏之交的桃花山上有很多山里红果子。成熟的果子饱满、圆润，光亮亮的，像保养得很好的女人的脸。红色的果子甜，嚼起来脆，但黄色的果子就像黄牛一样不招人喜欢了，吃起来粉粉的，嚼在嘴里如同棉花絮，不到万不得已，没人会采摘它们。我有时多摘一些，揣在口袋里，带给外婆吃，还采一些山里红的叶子，放在锅里炒熟当茶叶。夏天时，外婆在田里做活，我用大茶缸泡好茶，送到田头，外婆慢慢走到田埂上，咕噜咕噜喝完，然后对我说，太阳晒人，快回家吧，我就握着空空的茶缸回家了。

一些荆棘的嫩梗子也能吃，撕去皮，嚼起来甜丝丝的。还有巴根草的根，挖出来，在水里洗干净，像藕一样的白、嫩，嚼着有甜味，也解渴。再就是松树干或松针上亮闪闪的，像火柴头大小的晶体，抠下来，放在嘴里，比糖还甜。最招人喜欢的是蘑菇。一场雷雨之后，松树根下、草丛里，一夜之间变戏法似的，钻出很多蘑菇。大的有大人的巴掌大，小的和大拇指差不多大，颜色多为两种：一种棕灰色的，如同现在人工培育的草菇；还有一种是鲜黄色的，更肥厚，也更鲜嫩。我们把牛放在山坡上，然后往树丛里钻，一两个小时就采摘一篮子，可以炖鸡蛋，也可以单独做汤，我有时捉了泥鳅，就把泥鳅和菇子放在一起煮。高中时的一个周末，我还曾上山采摘过半篮子，送给教我数学的万老师，师母做了一大锅汤，她喝了几口，觉得太好喝，就很大方地把学校的几个单身教师全都叫到她家去尝。那些老师个个咂着嘴夸我，让我很是高兴了一阵子。

有一年的夏天，菊英跟我说，可以到山上挖桔梗卖钱，我跟着她走到山的背面，那里是一个山洼。大概是树木稀疏的原因，很多树长得很高。我站在那里，眺望远处的村庄——咦，山后面也有人住？他们和我们一样生活吗？那里的小孩子是不是也和我们长得一样？那天，我一边疑惑，一边跟着菊英认识了一种药材，挖出一篮子的根，回家摊在门口晒干，拿到公社的医院卖。好像也没得几分钱，不过还是很高兴。

最高兴的是虚岁十一的那年冬天。生产队组织社员砍松树，给每家每户用作柴火。我带着绳子和扁担，也跟着去了，走了好几里山路，终于到了那个山洼。大人们分散在山坡上，用砍刀劈着树枝，他们一声不吭，闷着头劈，然后把劈下来的树枝拖到一起。快到中午的时候，树枝砍得差不多了，大人们纷纷把树枝往山下的村子里挑，我也开始挑。那是我第一回用肩膀挑东西，一路走走歇歇，居然挑到了生产队的场基上，会计一过称，五十九斤！能挑这么重，连我自己也没想到。我跑去告诉外婆，她一听，就狠狠骂了我一句："你想死啊，挑那么重！"

我还在桃花山的脚下住过一晚上，是上初中的时候，跟着一个比我大六七岁的小伙子去的。他叫小皮实，给生产队的猪场喂猪。我对小皮实有些崇拜，他有文化，毛笔字也写得漂亮，不像村里其他年轻人那样说话粗俗，而是像个书生。他似乎也喜欢我，送过我一本书。一天晚上，他在我家玩得很晚，临走时问我愿不愿意跟他去猪场睡觉，我兴冲冲地跟他出了门。他打着手电筒在前面领路，我跟在后面，有些怕，就跑到前面，走过一道道田埂，走过一个水塘，上了一个坡子，然后到了一间草房跟前。他推开木门，是个很大的院子，猪的哼哼唧唧声响成一片，猪圈散发出的臭味直往鼻子里钻，我忍了又忍，才没吐出来。再往里走，进了房间，小皮实点亮煤油灯，地下尽是练过毛笔字的废报纸。小皮实见我有兴趣，拿出几张报纸，教我如何拿毛笔，如何模仿“安徽日报”那几个字，他在边上歪着头看，一直让我把几张报纸写完，才招呼我睡倒。那一夜我很快就睡着了，但第二天早晨起床时，发现猪场边上尽是坟墓，吓得不轻，此后再也没有去过了。

小皮实要是在世的话，应该六十多岁了，但他不在了。他死在四十岁，炸石头时被砸死的。不知道他是否葬在桃花山。但我知道，我的外公和大舅的遗骨后来被迁到了半山腰，我母亲和小姨娘、大哥、弟弟他们每年清明和冬至都要去那里，烧烧纸，培培土。

桃花山离我很远，我虽然四十年没去过，但有时又觉得它很近，因为有我的亲人躺在那里，那是他们的家。

外婆家的房子

初到外婆家的时候，她家的房子还是三间，草房、泥巴墙，但很快它就变成了两间，瓦房、水泥梁。

外婆家前面是小铁头家，瓦房；左边是先仁家，比我外婆家大得多，瓦房、砖墙，有单独的厨房，有一个院子，还有堂屋和两个房间；后面是先仁大伯伯家，也是瓦房。先仁的大伯伯当时在巢县（今巢湖市）的一个工厂上班，吃公家饭，偶尔才回到他的那个家。他的那座房子基本上闲置着，有一间后来做了先仁家的牛屋。他偶尔回到老家时，和村子里的人不大言语，不知道是性格的原因，还是心理优越所致，反正他在我的心中挺神秘。

外婆家的老房子和先仁家的房子只隔着供一个人进出的小巷，先仁的大伯伯要是弄点什么东西到他的家去，必须从侧门进才行。有一天，他大伯伯和他父亲找到我的外婆，问能不能把她的房子拆掉一间。外婆同意了。她的两个女儿出嫁了，丈夫和儿子也死了，现在身边只有我这么一个外孙，总共才两个人，要三间房子干什么呢？当然还有另外一个重要的原因：先仁的大伯伯开出了一个很诱人的条件——给我外婆家的房顶换上瓦，把木梁换成水泥梁。

他们很快就开始动手拆房子。瓦工们很熟练，先是扒掉右侧的那间，三堵墙渐次被推倒，土块轰然跌倒在地，浓浓烟尘四散开来。接下来是掀掉另两间房子顶上的稻草，卸下木梁，再换上水泥梁和大块的瓦。两三天工夫，外婆家和先仁家的房子之间就被撕开一个大大的口子。

但我住在“新”房子里的新奇劲就像那烟尘一样，很快就散了。两家房子之间的空当很大，先仁的父亲将一大堆柴码放在外婆家的墙边上，先仁的两个妹妹有时在空地上跳皮筋，我有时也在那边上玩，她们就说：到你家门口去玩。我心中便会对外婆生气：为什么把我们家房子拆了？为什么把空地让给别人？我们就住草房子不行吗？我的心中有无数个为什么，但我一直没问过外婆。如今我已人过中年，回想这个问题时，脑子里冒出这样一个答案：是不是丧夫丧子的孤寡状态让外婆的心理兀自弱了三分？

那两间屋子中，外面的一间是堂屋，大概十平方米，有锅台，有鸡笼，有一口水缸，靠墙的边上摆放着一张凉床。水缸半截埋在地下，能盛七八担水。我每次去水塘里淘米，会顺便拎一桶水回来。后来长了几岁，开始去井里挑水。井位于一片水田中间，离家大约两里路，遇上冬天，水面上结着一层冰，把冰敲破，才能侧翻着桶，打上水来。遇到干旱，井几乎见了底，只能用瓢慢慢把水往桶里舀，回家后再放入明矾沉淀。水井靠近一个山坡，天黑的时候，杂树丛生的山坡似乎藏着无数只狼、无数个鬼，弯腰打水的时候，总会觉得头顶上方有狐仙鬼怪。我有时只挑着半担水，就急匆匆往家里跑，一路跑，一路晃荡，到家时，差不多只剩下小半桶了。外婆责怪我为什么慌慌张张，我不做声。

外婆家的灶台并不高，我长到十岁的时候，就已经学会烧饭，到了十一二岁，开始学雷锋，不仅在自家做饭，还帮另外两家烧饭。我家的米刚在锅里煮开，就开始往另外一家跑，另一家的米煮开，再往第三家跑。

灶台砌了几次。有一次砌灶台的师傅在灶壁上涂了石灰，画了好几朵兰花，我嫌不好看，又涂了一层石灰，盖住兰花，然后用毛笔写上“上灶洗净手，下灶莫多言”。过了几天，又认为写得不好，在别处弄来石灰，模仿毛体写上“向雷锋同志学习”几个字。

堂屋的墙也是我练习毛笔字的一块天地。土墙上写毛笔字很费力，需要反复涂写，才能看得清。用完一瓶墨汁，也不一定能写好几个字。外婆看我那么吃力地写，从没表现过不悦，她大概认为只要在写字，就是好事，虽然我写的字她一个也不认得。

那堵墙再后来成为外婆和我最引以为傲的一堵墙。我几乎每学期都能拿回一两张奖状，也没糨糊，就用稀饭粘着往墙上贴，但几天一过，奖状就会往下掉，外婆找来铁钉，用刀背往墙里砸。有的铁钉很长，长长的一截露在外面。我有一次把篮子挂在上面，外婆看到了，伸手就拿了下来。外婆虽然不识字，但她从来没有把奖状贴倒过，她知道盖了公章的是下方，另一头是上方，贴上墙之后，还会退几步看看有没有贴整齐。村子里的人看了墙上的一溜子奖状，常会说好话，外婆不做声，但我知道她心里肯定很高兴。

里面的一间是卧室。床靠着山墙边上放着，我睡在贴墙的那一头，另一头离墙还有一段空隙，外婆就睡在那边。到了冬天，睡觉前，我先用叉子将墙角的一个草团举起来，顶住那个窗口。那时的天气似乎比现在冷得多，薄薄的垫单下面铺的是稻草，睡在上面有吱吱的声音，外婆常常抱着我的脚放在她的胸口。我有时半夜醒来，感觉外婆也是醒的。我不敢做声，心想，她是不是在想我的死鬼外公，想我的死鬼大舅，还有我的妈妈和小姨娘。要是既想着死人又想着活人，夜肯定就更漫长了。

外婆家的房子前面还有口废弃的井，上面盖着块石板。我长到有足够力气的时候，曾经掀开过，伸着头朝里面看，黑幽幽的，有水纹在泛光。我还把泥鳅和筷子般粗细的黄鳝放在里面。我希望它们能长大，或者沿着石头缝隙慢慢钻，钻到不远处的水塘里。

外婆家与小铁头家相距六七米，小铁头家的后门正对着外婆家左侧的巷子。巷子狭长，又拐了一个弯，通往山坡。巷子边上是菜园，有杂树，有竹林。半夜的时候，老是有猫和鸟在里面叫。夏日的晚上，巷口的风很大，我在天快黑的时候，就把凉床搬到那里，等外婆回来吃晚饭的时候享受清凉，但天完全黑下来了，她还没回来，我又不敢去搬凉床。好在那时小姨娘家做爆竹，我拿了一些小挂鞭回来，天一黑，就点几个，“啪”的一声炸响，过一会再“啪”的一声……我想，要是狼或者鬼顺着巷子过来，肯定也会被吓跑。

我不再相信有鬼，也不再害怕狼的时候，已经长大了，但外婆已经老了，她的嗓子总会发出呼呼的声音。再后来，她被我的父母接到了我的老家，几年之后，在我的怀中闭上了双眼。

外婆家的两间房子后来差不多快倒了，小铁头的父亲跟我母亲商量，把那块地卖给他家，两百块钱，母亲同意了。母亲说，小铁头的父亲后来在那块地上盖起了新房子。母亲这样说的时候，我就在想象，旧房子被拆的时候，水泥梁会栽倒在地，倒塌的土墙会砸着地，它们肯定会发出一记接一记沉闷的声响。响声中，一阵又一阵浓浓的烟尘往东飘，往西飘，往天空飘，往我的眼前飘。

外婆家的地

大司村坐落在一个冲里，整个村庄由一条幽深的巷子隔开，东西两边的人家被分为两个生产队。外婆家在巷子东边，属于一队。

巷子立在一个坡上，巷口有个牌坊，门槛是块三四米长的青石板。一日三餐，总有些人捧着碗，聚在那里边吃边闲聊。巷子的路也是青石板铺成的，下雨天，两边的排水沟哗哗啦啦，雨急时，沟里的水会撞到人家的门口。小马家就经常在门沿边上放一块木板挡雨水，但雨水不依不饶，借着木板当跳板，咚咚咚地跳进了他家的屋子。

巷子正对着前面的田野。坡下是一块很大的空地，村子里放电影，白色的幕布就撑在田埂上，村子里的人背朝着巷口，或坐或立。除了放电影，最热闹的就是夏天，过堂风像一尾鱼，从田野里游过来，一路游到巷底。太阳落山时，小孩子开始把凉床往外抬，最先去的把凉床放在最前面，没人挡着风，后到的依次排，几十张凉床从巷口到下坡一溜子铺开，像一轴长长的竹制画卷。凉床摆好后，小孩子们就把装满稀饭的大钢精锅和咸菜搬过来，等着从地里回来的大人们。大人们啥时回来也没人知道，小孩子们就先吃了，然后在田埂上追逐，跑出一身臭汗，又跳进了不远处的水塘。水塘边、田野里，萤火虫如星星点点的小灯盏四处飘，青蛙们不知疲倦地呱呱叫着；仰在水面上看，天空中是密密麻麻的透亮的星星。

我也把稀饭端到凉床上。外婆总是来得很晚，我有时等得困，就在凉床上睡着了。她大概找了一圈，也没看到我，就立在田埂上喊我的小名。我被叫醒或者被旁人推醒，应一声，她就过来了。

外婆来得晚，是因为队里收工后她又去了家里的某块地。田是属于生产队的，但家家户户都有地。外婆家的地有三块，一块是个菜园，在房子后面不远处，两分地的样子，种些白菜、萝卜、芫荽、葱、蒜等。

房后的菜园我去得最勤，多半是浇水、施肥。那里有个水凼，我捡了肥料，就往里面倒，遇到天旱，还要往里面挑水。外婆种的那些蔬菜太平常了，我最想栽种西红柿，就朝菊英家要了两棵苗，居然成活了，还挂了果，先是小拇指大，再是鸡蛋大、拳头大，可等了很多天，也没泛红，我等不及，摘下一颗吃，太涩，但心里是很高兴的，那是我自己“培育”的西红柿。

菜园的旁边是另一户人家的菜园，里面有棵杏树，五六米高。杏子快熟的时候，菊英先是带着我站在树下用石头砸，但落下来的并不多，后来她索性爬上去，摘了果子往地下扔，我站在下面捡。她那天已经摘了很多，但还不罢手。那户人家的半瞎老太听到响声，追了过来，菊英就待在树上不动弹，我藏在一棵杂树后面，大气不敢出，不一会儿，老太太见没什么动静，骂骂咧咧地走了，菊英一哧溜下了树。

另外两块面积大的地，一块在东边的山坡上，下面有条水沟，春天和夏天的时候，我曾多次把上面的水截住，在下面的口子上横个篮子，让水流干，每一次都能捉到很多鱼。鱼捉完后，再把上面的水往下放，让沟里充满。这块地种得最多的是茄子、辣椒、冬瓜。播种之后，浇水的事情基本上就由我做了。水沟离菜地很近，可以用小木桶拎水。夏天的傍晚，那些枝干、藤叶被太阳晒得蔫头蔫脑的，但一瓢水浇下去，第二天早上它们又昂起头来。看到它们鲜嫩、活泛的样子，我的心里就有一朵接一朵的花开着。

最喜欢在那块地上种瓜，种菜瓜，种甜瓜。成熟的菜瓜可以做凉拌菜，甜瓜摘下来后放在水里浸，中午正热的时候吃。但我一直有个遗憾，外婆从没种过西瓜，因为不仅需要好种子，还要懂点技巧。夏天的时候，外婆会买几个西瓜，有时她同村的侄女婿有竹也会送几个来，我也用冷水浸着，晚上搬到田野的凉床上，等外婆一道吃。

这块地的坡上有浓密的松树。傍晚去的话，就有些害怕，但粪坑在那上面，浇肥的时候就必须上去。我后来有了经验，遇到要浇肥，就在早上或中午去，有明晃晃的太阳做伴，胆子也就大了些。有天中午，我刚走到粪窖边，就听到吱吱的声音，又看到青青的草在动，再一看，一条粗长的碧绿的蛇正在草丛里游，我吓坏了，一动也不动，过了好久，才迈出腿。再后来，我每次去粪窖边，就先用扁担往草丛里打好几趟，心里才踏实。

第三块地在西边的山岗上，离家有一里多路。去那块地最让我发怵。路边上有两座毗连的高大的坟茔，像碉堡，一眼瞄到，心就怦怦跳。要挑水，就要走下一个坡，到一个水塘里。夏天，水塘经常干涸，只有中间的几个小坑里汪着一点水，要光着脚走过去，才能用水瓢舀到水。但桶里装了水，又会陷进淤泥，往肩上挑，一不小心，就扑进淤泥里。有好几次，我就这样跌倒，脸上、身上都是泥，找不到干净的水洗，只好找些山芋藤的叶子或者一把茅草胡乱地擦几下。

一天中午，我在家里等外婆吃饭，等到别人快上工，也没见她回来。我就跑到那块地里。太阳太毒了，我光脚踩在土里，脚下像火一样的烫。外婆瘦小的身躯弯曲着，她正在给山芋垄松土，胸前和背后印着大块大块白色的汗渍，我朝她打招呼，她的嘴巴已经干得说不出话来，嗓子肯定像沙地一样烫。

这块地最大，基本上都种山芋。父母当时带着我的哥哥、弟弟、妹妹，还有我的曾祖母，一共六口人，粮食老是不够吃。冬天，外婆把收上来的山芋切成片，晒干，让我的父亲挑回去，第二年春上青黄不接的时候，搭在米里煮稀饭。我老家的那个村庄几乎家家户户都在春上为糊口发愁，他们闻到我们家锅里飘出的山芋干香味，都羡慕我的父亲有个在山里的丈母娘，但他们没看到的是，那些“硬食”是我外婆一滴又一滴汗水浇出来、熬出来的。

白云深处有人家

湖上清风

大舅

早些年，总有人问我怎么长成这个怪样子。我要是心情不错的话，还是蛮客气的：对不住啊，让你难受了，我也是受害者啊。要是我正好心情不爽，嘴巴就有些毒了：老子长得再差，与你有啥关系？

谁都喜欢长得好看的人，这一点我能理解。但相貌由天定，谁能控制得了？我长得既不像父亲，也不像母亲，哥哥、弟弟也长得比我好看。有一次问母亲我长得像谁，母亲不假思索地说："像你大舅。"

像大舅？我照过不少次镜子，看着镜中的自己，想，大舅就长成这个样子吗？

我从来没见过大舅。在我出生前，他就死了。

母亲说，大舅长得高高大大的，身子瘦弱。也难怪，60 年前，饭都吃不饱，哪还有营养？没营养，又怎么长得壮？

大舅吃不饱，脸皮又薄，不像别的人那样敢去偷生产队里的小麦、稻子。在死之前，大舅刚刚高中毕业不久，参加了高考，还考上了皖南的一所高校。倒霉的是，一个女生给他捎录取通知书的时候，不知是太粗心，还是饿昏了，居然给弄丢了。这事要是放在现在，也不是什么大事情，但那时一是肚子饿，二是大舅、外婆他们太老实，压根儿就不知道该怎么解决，他们认为丢了通知书，只能怪自己倒霉，活该命中上不了大学。

当然，还有一个重要原因：通知书弄丢的时候，外公正好饿死了。外婆好像也没有太悲伤。饿死一个人也不是什么了不得的事情，村子里几乎隔几天就有人死去，抬到山里草草安葬，只不过这回轮到的是我外公。母亲和小姨娘那时还小，外婆也饿得只剩下一把骨头，大舅虽然连走路的力气也几乎没有，但家中只有他一个男劳力，20 岁的他只能站出来。当务之急是要做一口棺材，好让他的父亲入土为安。他在房前屋后转了很久，也没找到能做棺材的木料，后来还是外婆提醒他，他才有了主意。他卸下家中的两块门板，请一个木匠做成一口薄薄的棺材，然后请几个人把他的父亲抬到一个坡上。

棺材被抬到坡上之后，几个人开始挖坑。坑也没挖多深。几个帮忙的人差不多也都饿得手无缚鸡之力，能省事就省事。他们把棺材放进坑里就走了，剩下培土、堆坟的事就由我大舅一个人去做。也不知他做了多久，反正到傍晚时也没见他回家，母亲和小姨娘跑到坟上去看，她俩当场就傻了眼——她们的哥哥笔挺挺地躺在还没完全堆好的坟边，一动也不动！她们使劲推，也没推醒他。她们终于放声大哭：哥哥死了！哥哥死了！

就这样，我的大舅死了，死在他 20 岁的时候。谁也不知道他临死之前在想啥。想到去见他的父亲吗？想到那个连面都没见着的大学吗？想到他的妈妈和他的两个妹妹吗？

我后来不听话，外婆就会说，真不懂事，你死鬼大舅多听话。她的语气是平淡的，但心里一定有悲伤。外公要是不死，大舅要是不死，她也不至于成了村里人眼中的“孤寡老人”。

大舅的坟在外公坟的西侧。我曾跟外婆去上坟，外婆说：“给家公磕头。”我就磕了。磕完了，外婆又说：“给大舅磕。”我又跪倒磕三个头。那时我虽然很小，但知道那矮矮的坟包里面躺着我们家的人，磕头是我必须要做的。

外公和大舅坟包的边上是外婆家的一小块地，种些辣椒、茄子或山芋。那周围满是坟墓，我胆子很小，老是觉得坟墓里冷不丁会蹦出鬼来，但我独自在那块地浇水的时候，从来没害怕过，因为我一眼就能瞥见外公和大舅的坟，我知道，他们躺在那里，会时时刻刻看着我，保护我。

与猪有关的事

我有几年特别想养条狗，想着在外婆到小姨娘家的时候，它可以陪我，给我壮胆，还可以给我当玩具，我训练它卧倒、冲锋，训练它在我抛出一根骨头的时候，迅捷地扑过来，用嘴巴稳稳地叼住。要是有这样一条狗，它有多神气，我就有多神气。

但也只是想想而已。我从没想到过向别人家讨条狗崽来，外婆也从来没提过养条狗的事。

外婆养得最多的是鸡，每年也仅三四只。早上，打开鸡笼，外婆的手会伸进去，挨个把母鸡捉出来，在屁股后面摸摸，看有没有蛋要下；如果能摸到的话，她就让我盯着，因为有的鸡不靠谱，在屋旁边的草垛里随处下蛋。傍晚，我要是看到鸡窝里的蛋与预期的数量不符，就会到几个草垛边查看，一般都会在那里找到蛋。

鸡除了乱下蛋这一缺点，并没太多毛病，而养鸡也不费劲，每天喂点稻子或剩饭剩菜，就没什么事了，即使忘了给它们喂食，它们自己也会到菜园里找虫子吃，或者在草垛那边扒拉出几粒稻子填饱肚。傍晚的时候，它们都熟门熟路上笼子，绝不会夜不归宿。

但猪就不一样了。一大早，它就在圈里哼哼唧唧的，还用嘴巴拱着圈门，吵着要吃。圈门一开，马上就撒开腿往外窜，我有好几次没来得及躲闪，被猪踩了脚趾，疼得龇牙咧嘴。我拎起一根木棍，一瘸一拐地走向正在埋头大口吞食的它，朝它屁股狠狠地打下去，它号叫一声逃开，旋即又跑回来，把头插进食盆里。猪是最典型的现实主义者，吃永远是它的头等大事。

外婆家前后养过四五头猪。喂猪这件事基本上都是我承包的。猪好吃，但不大挑食，剩饭剩菜和山芋当然是最好的食物，但猪很少有这样的待遇。一般来说，它的主食是糠，拌一些米汤，或者煮烂的山芋。春末夏初，我通常会割些山芋藤，往猪圈里一塞；还到田里割些青草或挖些野菜，到池塘、沟渠里捞些浮萍回来，给猪享用。

要是不计较被猪踩疼了脚趾的话，喂猪总体来说还是件很开心的事。看着一大盆猪食或者一小堆山芋藤、一大篮子野菜被它风卷残云般地消灭干净，看着它的肚子从干瘪到慢慢鼓起来，看着它吃饱了之后顺着我手里的竹棍，慢悠悠地踱进圈里，然后躺下来，发出如雷的鼾声，心里还是很有成就感的。

但清理猪圈就不是愉快的事了。猪在圈里拉撒，有时还在里面吃喝，排泄物的气味很难闻。它身上裹着自己的粪便，还裹着被它的尿液稀释的泥土，不仅很脏，也很臭。猪对肮脏的环境不挑剔，也不发牢骚（也许它发了牢骚，我没听懂），但看着猪圈里环境恶劣，人的心里不舒服，而且圈里太脏的话，也不利于猪长膘。起先的那几年，我还小，清理猪圈的事都是外婆去做的。她弓着瘦小的身子，在低矮、潮湿的空间里，把和着猪粪的土一锹一锹地往筐子里装，然后挑到菜园，堆在那里，沤成肥料，回头再把干净的土和草木灰放进圈里，天冷的话，还会在土上面铺一层厚厚的稻草，让猪睡上去暖和点。过了几年，我长大了点，有了力气，也学会了像外婆那样清理猪圈。

冬天，气温低，猪的身上生虱子，痒得很，就在地上使劲蹭，但蹭来蹭去，也不会把虱子蹭走或蹭死。中午，等猪吃饱了之后，我用手在猪的肚子或背上挠几下，猪很享受，立马撒娇似的躺在地上，任暖阳照在身上，很快睡着了。我在猪毛中间翻动着，寻找虱子，捉住一个，就用指甲背按在一块青石板上，“噗”的一声，虱子死了。不一会，石板上就满是星星点点的虱子尸体，还有星星点点的血迹。

杀猪差不多都是在年关将近的时候。外婆烧好了水，等着杀猪匠。杀猪匠是七八里外的一个村子的，他吃过外婆给他做的溏心蛋泡炒米，从随身挑来的筐子里拿出一块黑色的皮兜兜，套在胸前，再套上皮袖子，穿上胶皮靴，打开猪圈门，把猪放出来，村子里几个等着帮忙的人一哄而上，把猪按在地上。这个场面，外婆是不忍看的，她会转到菜园子里，或者到塘口去洗衣服，把剩下的事情留给杀猪匠。

从把猪杀死到给猪煺毛，再到开膛破肚，取下猪头、腿脚、脏器，大概就到了中午。外婆先给几个亲近的人家送上半斤肉或者一块肝、两只猪脚。村子里的人陆续赶来买肉，大多是挂账的，还有的人家是来“借”肉的——先割斤把肉回家给小孩子解馋，等自家杀猪的时候再把肉还过来。外婆一般都会让杀猪匠留下一条或两条猪腿，割些肉送到小姨娘家去，剩下的腌着，晒干，其中的一大半留待我的父亲带回去，给我的哥哥、弟弟吃。

六岁那年，年关将近，我跟着外婆去我老家。隔壁是我奶奶家，屋檐下挂着好几刀腊肉，闪亮亮的，我站在那里，久久地望着，然后手指着肉，对外婆说，奶奶家好多肉。奶奶当时领着年轻力壮但尚未成家的二叔和三叔过，生活相对我们家来说好得多，父母要养着我的哥哥、弟弟，还要供养我的曾祖母，经常吃了上顿没下顿。我说“肉好多”的时候，奶奶正从旁边过，她好像没听到似的，外婆气坏了，跟我母亲嘀咕：“你婆婆太好手（方言，太小气），就不能割点肉给孙子吃啊？”也是从那以后，外婆对我奶奶一直心存芥蒂，到死的时候也没忘记我奶奶“没割肉”这件事。

外婆生了几天气，带我回到了大司村，第二天，她就让杀猪匠上门，把家里的猪杀了。那头猪只有一百来斤，还没“成年”，外婆本来打算养到第二年杀的，可怜的它早死了差不多一年。

这头早死的猪让我明白外婆是真心喜欢我的。后来外婆每买回来一头小猪，我都很卖力地喂养它，宝贝一样照顾它，我知道把猪喂好了，就是在帮外婆，报答外婆。

防震的日子

广播里的坏消息

父亲那次来大司村是在1976年夏天。这个时间在我的记忆中停驻这么久，是因为那年夏天发生了一件大事。

正在放暑假。父亲回家的时候，我也跟着回去了。我有两年没回过老家了。那天我们起得很早，吃完了外婆煮好的山芋干稀饭，就上了路。天刚蒙蒙亮。外婆把我们送到村口的塘边。我走上二三十米外的大坝埂，回过头，外婆瘦小的身影像一棵矮小的松树，立在一团浓浓的雾里。我忽然想，那么厚的雾裹着她孤单的身子，她会不会冷啊？

翻过一座山岗，天渐渐亮了，太阳的光慢慢冲破雾气照过来，路两边露出大片的青色禾苗，有三五只白色的鸟从稻田里突然射向空中，扇动着翅膀，在另一片稻田里落下，又飞起。

父亲挑着两只装满山芋干的稻箩，走在前面，他除了偶尔回过头来问我“要不要歇歇”之外，不再有多余的话。我一直不太喜欢父亲，他并不是凶悍的人，但对我们兄弟也从无慈爱的言语和表情，更不会像别人家的父亲一样把孩子架在他的脖子上，因而更多的时候，我希望来外婆家的是母亲，而不是父亲。但父亲来的次数总是更多一些，他每次来，不是挑米回家，就是挑山芋、山芋干回家，四五十里的路，还要翻过一座山，也只有他能挑得动。

我和父亲走在路上，只有脚步声在响，我们不像走在田埂、山道上，而像走在亘古的旷野中。太阳在往山顶上爬，日头也越来越毒，翻过那座名叫“西塔”的山，走到陶厂镇的时候已近中午，父亲放下肩上的两只稻箩，领着我走进一家茶馆。茶水是大茶壶装着的，放在一张长条桌上，一分钱一碗。父亲端给我一碗，我一口气就喝完了，然后立在门口，打量着茶馆。这是间带阁楼的房子，厚厚的木头墙壁，还有木头楼梯，黑漆漆的，发出幽暗的光。这样的房子我还是第一回见到。外婆家的房子是用石头垒成的，外面用泥巴糊起来，我老家的房子则是土砖砌成的，老鼠能在墙根做窝，蜜蜂可以在墙壁上刨出一个个洞。我立在那里想，街上人家的日子多好啊。

唐山大地震的消息就是在我胡思乱想的时候钻进我的耳朵的，是挂在茶馆墙壁上的一个小喇叭说的。唐山在哪我不知道，地震是啥意思我也不知道，但我知道肯定是不好的事情发生了。

离开那家茶馆，我们沿着街上的青石板路接着往前走，到了一个拱形桥的边上，父亲放下手中的担子，走到一家代销店，买了一块麻饼，递给我。我闻了一下，真香。我的牙齿放在硬硬的边沿上，慢慢地咬着，还咬到了一小团冰糖。我把它含在嘴里，直到它化了，才接着吃麻饼。

路好像老是走不完。太阳快落山，我们终于走到通往我老家村子的那条田埂，我看到哥哥和几个男孩子正在一条水沟里戏水。我突然活过来似的，撒开腿往那边跑，边跑边脱下背心，迫不及待地蹦进了水里，但立刻就感到一阵钻心的疼，我的小腿磕在水下的一块石头上，石头太硬，我的腿太软。我爬上田埂，看到腿上的皮被削去一大块，血不停地往外渗。哥哥见状，赶紧跑回家，拿来一包火柴，撕下黑色的皮，粘在我的伤口处。

掉皮的那个地方后来留下了铜钱大小的疤痕。不过那天晚上我很快就忘记了疼，哥哥把他在稻田里捉到的一大盆子螃蟹蒸熟，端到门口的凉床上，一边剥给我吃，一边吹嘘他捉螃蟹的神功。吃了一会，三叔过来了。“广播里讲唐山地震了，死了好多人，好多房子都倒了。”三叔说，“要是我们这拐子（方言，地方）地震，房子肯定都瘫倒在地上，甭说不是石头墙，就是那些土砖砸下来，脑壳子也会砸得稀巴烂。”他这么一说，我好像真看到人的脑浆被砸出来，肚子里一翻腾，赶紧扔了手中的螃蟹。

芝麻粉

那几天，哥哥去放牛，我也跟着去，他先把我托到牛背上，然后牵着牛，往圩埂那边走。

圩埂那边是开阔的田野，脚下是大片的芦苇荡，密密实实的，各种颜色大大小小的鸟不知躲在哪丛芦苇里，突然飞起来，在空中发出凄厉或激越的叫声。与芦苇荡相连的是一望无边的稻田，风吹过的时候，青青的禾苗翻卷着绿色的浪，一波一波的，一直滚到眼睛追不上的地方。圩埂的另一边是条河，叫“老西河”，清清的水里能看到游动的鱼和晃动的水草，还有一些挂着帆的船在里面来来往往，有的靠人在岸上背着缆绳往前拉，有的开着发动机，突突突地在水面前行。那些船在很长的时间内让我着迷：它们往哪开？能一直开到海里去吗？有时太阳落山的时候，拉船的人还没停下来，我就想着他们真是太可怜了——晚上在哪睡觉呢？

大司村地处山区，我老家则是在圩区。夏季是圩区最美的季节，纵横交叉的河道和沟汊里开满了荷花，白色的、粉红的、紫红的荷花像在共赴一年一度的盛大聚会，热闹得不得了。水里有藕，有莲蓬，有菱角，有鸡头果。摘菱角的大多是姑娘和妇女，她们坐在腰子盆里，用两只棒槌一样的小划子在水中划动。嫩的菱角可以生吃，既脆也甜；老的，可以烀熟了吃，又粉又香。哥哥和那帮放牛的孩子对莲蓬和嫩藕更感兴趣，他们一个猛子扎进水里，就会踹出来一截嫩藕。但鸡头果就不好惹了，外壳上长满了刺，又是藏在淤泥里，需要用脚踹，一不小心，脚就会被刺着。剥开时需要用指尖顺着它们张开的小小的嘴巴，慢慢地扯。剥开了壳，是一粒粒圆圆的果子，老的呈黑色，嫩的呈粉红色，再咬开就是白色的米了。那些天，看着哥哥他们在水里游来游去，我心里发痒，但还是忍住了，我的腿伤没有好，不敢下水，好在哥哥他们谁也没拿那些果实当稀罕物，不时地把几个莲蓬和几截藕扔到岸上来，我就在岸上坐享其成。

腿快好的时候，关于地震的传言越来越多。有一天，大队的广播里播出一个通知：可能要地震，家家户户都要在空旷的地方搭个防震棚，白天在里面吃饭，晚上在里面睡觉。我们家的防震棚就搭在屋子前面的一块空地上，用树棍和竹竿作支撑，顶上盖着稻草。棚子不大也不高，仅够放两张床，人要进去的话，必须弯着腰。天太热，棚子就像罐头盒，我们弟兄三人晚上都不进去睡觉，而是把凉床和门板抬到外面当作床。

父亲和母亲带着小妹是在棚子里睡的。除了他们三个人，村中一位独居的六七十岁的老太太也住进了我们家的防震棚。老太太有两个儿子，各自的家都搭了防震棚，但她似乎对两个儿子有意见，不肯跟他们住，反而跑来跟我母亲商量，问能不能住在我们家的棚子里。我母亲说，怎么不照（方言，行）呢？照啊！

按照大队的通知，家家户户还要准备些干粮。母亲炒了一些小麦，还炒了些米泡，放在一个铁桶里，准备在地震发生时作为全家的口粮。一天晚上，老太太端来一个搪瓷缸，放在桌子上，对我母亲说，先梅，这些粉是我今天磨的，有芝麻，还有熟糯米，给伢子们吃。她边说边揭开盖子，啪的一声响，一股香气冒了出来。弟弟当时正立在旁边看母亲洗碗，鼻子立马被香气擒住了，他二话没说，伸手就抓了一把粉塞进嘴里，可能是塞得太多，那些干粉在他的嘴巴里裹着，吞不下去，也吐不出来，他的嗓子就那样被阻隔着，没办法吸气，他仰着头，翻着白眼珠子，脸色也有些青，母亲见状，顺手掬起洗碗盆里的水，倒进弟弟的嘴巴里，然后不停地拍打着他的后背，他终于将粉吐了出来。

老太太那天晚上吓得不轻，她不停地跟我母亲说差点闯了大祸，我母亲哈哈大笑，说，这个屁伢子真好吃，这回没吃到好东西，倒是喝了不少脏水。

弟弟是 1969 年生的，他刚满月的时候发大水，风雨交加，我和哥哥被父亲抱进一只大腰子盆里之后，母亲把尚在襁褓里的弟弟递给父亲，没想手一滑，母亲下意识地曲着双腿，正好夹住了他，他这才没被洪水卷走。

大水退了以后，父亲便给弟弟取了个名字：正水。也算是和“水”有缘分。

群居生活

快开学的时候，大司村的司有华到我老家大庄村看他的妹妹，他回去的时候，父母就让他带着我。我们走了将近一天，到了大司村。

我刚进外婆家，小铁头就兴冲冲地跑过来说，二哥（他其实比我长一个辈分，但一直跟我弟弟那样，叫我“二哥”），你不知道吧，我们生产队的人晚上都在地震棚里睡，大人小孩住在一起，你晚上和我睡在一个床上好不好？我很好奇：一个生产队的人都睡在一起？

晚饭后，外婆在家洗锅洗碗，我跟着小铁头往防震棚里走。防震棚建在村后的一块空地上，跟外婆家隔着一条很长的巷子。像我老家的棚子一样，也是用树棍子撑起来的，上面盖着稻草，只不过那棚子很长，钻进去，像进了地道。

“地道”里是地铺，下面垫的是稻草，一个连着一个。小铁头把我带到他家的那张铺跟前，说，晚上我们就睡在这上面。他又指着不远处的一张床，那是大妈（我外婆）的床，晚上让我妈跟她睡。说完，他拉开蚊帐，把自己的身子斜放着，往后一倒，四仰八叉地躺下了。

小马和家国他们也围了过来，他们很久没看到我，可能觉得有点亲热，也可能想显摆他们比我在“地道”里睡得早，都光着脚，从一张床往另一张床上蹦。家国蹦得最远，但他一下子没收住身子，头磕在一根树棍子上，马上就有一个包鼓了出来。

“地道”的头尾两边挂着两盏汽灯。中间挂着的一只广播，正在播放毛主席的一首诗词。咦，怎么跟我老家的广播播放的一样？都有一句“土豆烧熟了，再放牛肉。不须放屁”。土豆是啥东西我不知道。还有一句“鸟儿问党”我听来听去也不明白，几天后开了学，我从学校的报纸上看到那句其实是“鸟儿问答”。

我们在疯玩的时候，大人们陆续来了，有的抱着小孩子，小孩子不停地哭，大人先是哄，然后火气冲天地打小孩子的屁股，小孩子们哭得更凶了。女人便开始骂男人，男人开始骂女人，队长司有早在边上凶巴巴地劝：吵什么吵，你们不吵，吃的饭就变不成屎啊？

小文子也来了，手里拿着一副象棋，找这个下找那个下，就是没人愿意搭理他。我虽然比他小十多岁，但在心里也有些瞧不起他。有一次他和小马的哥哥小和子下棋，小和子去解手的时候，回来时发现自己少了个车，到处找，就是找不到。小文子说，找什么找啊，老早就被我吃掉了。小和子问他到底是什么时候吃掉的，小文子梗着脖子，说来说去就那么一句：反正是被我吃掉的。其实，小和子上茅厕时，小文子偷偷把那个车握到手心里，我当时正在旁边，看得很清楚，我虽然没有揭发小文子，但知道他赖皮，做事一点也不棍气。

对小文子的哥哥小华子我倒是有好感。他会写一手漂亮的毛笔字。有一年过年，小文子带着一帮人在他家的院子里赌钱，小华子像没看见似的，闷头闷脑在堂屋的桌子上写毛笔字，我在边上看，那些字的笔锋太好看了，真的是“点像瓜子撇像刀”。我一边用手指尖在裤子上模仿着比画，一边说“真漂亮”，他说，“漂亮个鬼啊，你以后会比我写得更漂亮”，还说，“你们念的书比我多，肚子里的墨水也比我多，以后会有大出息”。

那晚小华子也到了地震棚，他带的是一本书，大人们在闲扯的时候，他低头在那看。整个棚子里只有他一个人在看书，低着头，好像闻书似的，他沉迷的样子就像他写的毛笔字一样好看。

我走了一天的路，很想睡觉了，但外婆迟迟没来，我有些着急：要是发生地震，家里的房子倒了怎么办？要是她正走在巷子里，边上的房子砸到她身上，她肯定会被砸死的。小铁头的妈妈来了，问我，强子，你家婆真是不怕死，她在家里摸什么东西（方言，忙什么）啊？我想回家去找外婆，但有些怕，天已经黑了很久，那黑咕隆咚的巷子是通往山上的，山上有狼，也有死人的坟，我根本就不敢走出“地道”。

我还没等到外婆来，就在小铁头家的床上睡着了。醒的时候，汽灯已经关了。我是被哪个男人剧烈的咳嗽声吵醒的，又不停地听到撒尿声。也不知道是大人还是小孩，是男人还是女人，反正一片黑暗，连个人影也看不清。

第二天，刚蒙蒙亮，就有人陆续起床，我朝外婆的那张铺上看，上面空空的，外婆和小铁头的妈妈都走了。我躺了一会，浓烈的尿骚味直往鼻子里钻，刺鼻子，刺眼睛，我爬起来，跑到棚子外面的一个菜园子撒了一泡尿，然后往家走。打开门，揭开锅盖，稀饭已经煮好了，外婆肯定是去山洼那边浇菜了。我到屋后的菜园里砍了些山芋藤，放在猪圈里，猪埋着头，哼哧哼哧地吃。我又抓了一把稻子，放在鸡笼边上的陶瓷碗里，“咕咕咕”地唤了几声，那两只母鸡就跑进屋子，我心想，这么长时间它们没听到我的声音，怎么还能听得懂呢？

去小姨娘家

外婆家离小姨娘家大概十里路，外婆每次带我去，走的都是近路，先往村西走，再上坡地，老远就能看到路边上那座像碉堡的坟冢，比我高得多。我猜想里面至少埋着五六个人，看着，想着，头皮有些发麻。

“碉堡”不远处，是外婆家的一块地，种山芋、南瓜、冬瓜，外公和大舅的坟就在边上，后来迁到了桃花山上。我每次都要忍不住朝那边望一眼，望着那两个黄色的土堆子，心中却没有看到“碉堡”时的那种害怕。但我搞不明白的是，外婆总是低头走，好像从来没朝那边张望过，她为什么不朝那边看呢？

再往前走，是大片的松树林，路边和树中间散落着很多坟墓，有的比地面高不了多少，像瘫在地上似的，显然是很长时间没人打理的孤魂野鬼的坟。有的坟上是新土，坟前摆着碗，辨不清颜色的纸幡在坟头上轻轻晃动，像从坟里伸出的一只只手。松树太密，走在路上像走在隧道里，呼吸也不如平时那样顺畅，走在前面有些怕，走在后面更怕，老是觉得有窸窸窣窣的声音，有东西在碰着我的脚后跟。

我心里对那条近路很烦，但从来没跟外婆说过，我要是说那些坟里有鬼，她肯定要骂我的。

小姨娘嫁出去的头几年，外婆不放心她，经常要带我去她家，去的次数多了，我也就认识路了。偶尔我会一个人去，走的是另一条路——穿过村子前面的水田，经过我念书的学校，到了公社革委会门口的公路上，旁边是代销店，我会买一个糖果，含在嘴里。但糟糕的是，糖果在嘴里化掉的时候，就到了一片树林，看上去阴森森的，不知道里面会藏着狼还是躲着鬼，我撒开腿，拼命跑，待看到村庄或行人，胆子才壮了。

最喜欢的是到了一个叫“方山口”的地方，视野一下子开阔起来。路边也有个代销店，地面湿漉漉的，酱油、白酒、海带的气味混在一起，浓浓的，往鼻子里钻。一个胖胖的中年妇女站在柜台后面，给人打完酱油，又麻利地扯着海带。我盯着货架，手指摩娑着裤兜里的几分钱硬币，犹豫好长时间，最后决定留着钱，待回来的路上再买糖果。

代销店对着一条河，河里有许多船，船上挂着高大的白帆，四五个男人在岸上背着缆绳往前拉。那些人和船让我看着很亲切，我老家门前的老西河里也有船，也挂着帆，也有人在岸上背缆绳。我立在岸上久久地看，看那些船那些帆在山边拐弯，一直拐到天边去。

小姨娘的家在一个巷子里，门口是青石板铺成的路，门槛要比路面高一大截。进门是个院子，一级一级的青石板呈坡状，直通堂屋。我走近大门，看到了小姨娘，她在堂屋的门边做鞭炮，我叫："小娘(这么多年来，我们兄妹一直叫她'小娘'而不是'小姨娘')。"她抬头看见我，站起来，说："咦，强子来了？"然后向我迎过来，问："家婆没来？"我摇摇头。她拉着我的手，往房里走，从梳妆台上的一个搪瓷罐里挑一勺白糖喂进我的嘴里，又从一个饼干桶里拿出几粒糖果，塞进我的裤兜。我的嘴巴里甜甜的，心里也是甜甜的。小姨娘看看我，笑笑，又开始做鞭炮，我蹲在她的脚边，看着她左手从篮子里拿起一个小小的鞭炮，用右手握着的带锯齿的闸刀轧一下，再扔进一个筛子里。细小的红色鞭炮在她手里被迅捷地拿起、放下，我就想，她是怎么学会的呢？我外婆家那边种水稻、小麦，从来没人做鞭炮。

村庄后面有驻军，经常放电影，我跟着小姨父扛着板凳去看《穆桂英挂帅》。人太多，我又太矮，小姨父就把我架在他的脖子上，看一会，又放下，再架上去，那场电影也就像流动不畅的水一样，在我的大脑中断断续续的。我还跟小姨父的侄子宗超去看过士兵们在操场上操练，威武得很。我一直梦想有一顶带五角星的黄军帽，七八岁的时候，终于得到了一顶，是小姨父弄来的，我戴在头上，在村子里到处转悠，晚上睡觉时才脱下来，放在枕头边。

有一次我去小姨娘家，刚进村就听到撕心裂肺的痛哭声，许许多多的人围在一起，他们的身后是倒塌的房屋，碎石和瓦砾满地都是，碎纸屑像纸钱一样挂在树梢上，裹在土石里。小姨娘也挤在人群中，我朝她喊了一声，她走出来，拉着我的手，往她家走，边走边说，那家人太惨了，爆竹炸了，两个大人都炸死了，幸好小孩子不在家。后来我才知道，两个大人都“炸飞”了，身上的肉和头发都粘在墙上。

小姨娘的村子没什么田地，家家户户做鞭炮，比其他村子的人家也就富裕些，但都是手工制作，除了自己小心之外，没任何保护措施，会不会出事故就要看自己的运气了。我听小姨娘说过好几次，谁家又炸了，又死了几个人。但他们仍像飞蛾扑火一样，前赴后继。那天，村子里一直弥漫着硝烟味。想象着爆炸的场面，我不仅怕，也反胃，吃不下饭。

我上学后，去小姨娘家的次数慢慢少了，她有了孩子，回娘家也不像以往那样多。后来读高中，每次去学校，都要从小姨娘家的村子边走过，走到村口的时候，就有些犹豫：要不要去小姨娘家呢？之所以犹豫，一是因为我长大了，对她的依恋不像以往那样强烈；二是怕她为难。她每次往我口袋塞钱的时候，总是偷偷摸摸地避着小姨父和她的婆婆。有一次我从她家离开，她一直把我送到村口，而后弯下腰，脱下鞋，从里面抠出几张皱巴巴的钞票，塞进我的书包，说，在学校买点菜，别把身体念垮了。

小姨娘的婆婆，我呼作姑奶奶。她平时很少说话，小姨娘很怕她，但姑奶奶喜欢我。她做过很多次菜，用大搪瓷缸装着，托人带到我的学校，也曾悄悄往我的口袋里塞过钱。我接到录取通知书的那年夏天，专门跑到她家报喜，姑奶奶当时得了食道癌，躺在床上等死，我要走进房间看她，小姨娘拦住我，匆忙拿了件衣服进去，盖住了她的下身，然后才让我进去。她俯在姑奶奶的耳边说："强子来了，他考上大学了。"姑奶奶指着胸口，"嗯嗯"几声，小姨娘"翻译"道："姑奶奶说她心里欢喜。"姑奶奶又指着自己的胸口，"嗯嗯"着，她干瘪的乳房耷拉在胸前，一根根肋骨像要从皮肤里戳出来。我立着，不晓得说什么。房间里散发着难闻的气味。我被小姨娘拉出房间。大约十分钟之后，姑奶奶就死了。后来小姨娘说过好几次，姑奶奶是在等我去"报喜"，她好多天没吃没喝，硬是撑到我去。两天之后，我和姑奶奶的孙子、小姨娘的大儿子宗轩一样，戴着孝帽，走在送葬队伍前面，把姑奶奶送上了山。

姑奶奶去世后不久，小姨娘全家搬到了附近的集镇上，我那时已参加工作，很少去她家。三十多年之后的一个春天，在苏州工作的小姨娘的大儿子宗轩突然去世，我赶到了那里，把宗轩的骨灰送回他的老家安葬。这也是三十多年中，我第一次去小姨娘家的老房子。亲友们坐在那里，很多人的面孔似曾相识，但我想不起来了，待他们主动跟我打招呼，我才一一对应起来。那天，我在她家的后院里，闷头抽烟，坐一会，站一会，稀薄的阳光照在身上，我看院子里的茅厕，看大青石垒起的墙壁，看青石门槛，记忆一浪一浪地涌过来，溅进了我的眼眶。

临走前，我把小姨父、小姨娘以及他们的两个女儿和儿子，还有宗轩的爱人叫到了房间里，对一些事情做了安排。我说，现在宗轩不在了，我们每个人的生活都会有变化，会有更多困难，但没有迈不过去的坎，我们和睦、融洽、活得好，宗轩在地下才会安息。

说完之后，我拎起包，一个人朝村外走去。

熬糖稀

进入腊月，大司村的人家就准备熬糖稀了。

熬糖稀用的不是米，而是山芋。山里的水田不似圩区的多，田里长出的稻子填饱一家人的肚子本来就很难，哪能像圩区人那么大方，舍得用米熬糖呢！但山里有山场，每家都有几亩地，种大豆，种高粱，也种山芋。

山芋从地里全部刨起来后，就码在堂屋里。早上蒸满一大锅，人吃一半，猪吃一半；晚上煮稀饭，山芋也是锅里的主角，这样的“硬食”，可以耐饿也可以省米。临近冬天的时候，剩下的山芋就要放在地窖里，留作腊月里熬糖稀了。

外婆家的山芋在村子里是最少的。外公和舅舅去世得早，母亲和小姨娘出嫁以后，外婆就一直独自生活。一个人分到的地当然也是最少的。在我去她家之前，她是不熬糖稀的。一个人熬什么糖呢——别人问她时，她总是这么答。后来我去了她家，她就把山芋省下来，到了冬天就地放在柴火堆里（外婆家是没有地窖的），用草盖好，隔十天半月，又会掀开草和柴火，看看山芋有没有被冻伤。山芋的伤是会传染的，有了伤的山芋就要赶紧取出来：轻伤的，剜去伤处，用来煮稀饭；全身烂得差不多的，只好扔掉了。

熬糖稀的前一天早上，外婆将所有的山芋从草窠里摸出来，一一洗净。鸡叫的时候，她就起床了，先把山芋煮烂，然后在屋梁上悬一只纱布袋子，将煮烂的山芋和汁水一起倒进去。此时的袋子鼓囊囊的，汁水先是哗哗地往袋子下面的桶里流，然后越来越细，外婆的双手不停地晃动着袋子里的山芋渣，最后用双手使劲地拧，直到渣子里再也没了汁水。

熬糖稀就是熬汁水。汁水倒进锅里时，天已大亮，我也起床了。我要做的就是给灶膛添火。添火是门技巧活。刚开始的汁水很稀薄，有些绿，需要旺火烧煮，这时可以用松毛或者枯树枝，烧了几个小时之后，汁水慢慢浓了，颜色也逐渐发红，有气泡不停地冒，这时需用小火，否则沸腾的汁水很容易溢出锅外。失误当然难免，外婆一边“扬汁止沸”，一边呵斥我赶紧用柴灰盖住火，这么一做，汁水果然不再往外溢了。

熬糖稀是个苦差事。人不能分神，更无法跑出门外跟别人打闹，时间坐长了，脸上滚烫，腰和腿都酸胀得很。外婆为了让我耐住性子，就用锅铲在锅边铲一下，此时铲下的就是汁水的结晶，我咬下来含在嘴里，虽然硬硬的，还有些粘牙，但一股甜味直逼心底。

汁水熬成糖稀，一般都是次日的鸡叫时分了，虽然眼皮发紧，全身麻木，但还是强“熬”着，因为锅边以及锅底最后的“结晶”最有诱惑力。灶膛里不再添火了，外婆将糖稀慢慢地往坛子里舀，这时灰烬还在发挥余热，烘烤着锅边的结晶，待糖稀全部舀尽之后，锅的四周已结满厚厚的一层，铲起来，咬一口，甜得嗓子直发干。

糖稀虽有了，但并不意味着就会去做米糖。村西头，几个外地来的汉子早已搭起了锅灶，邻居小铁头家的米糖做过好几天了，但外婆似乎一点儿也不急。我不好意思向别人要米糖吃，但耐不住嘴馋，便不时掀开坛子盖，用筷子蘸一点儿糖稀尝尝，坛子边沿因而满是筷子上滴下的糖稀。

外婆决定做米糖的那天早上，双手刚摸上坛子沿，就发现手上沾满了糖稀，她气呼呼地骂了一句：“哪有你这么好吃的伢！你大舅小时候多乖！”

大舅我从来没有见过，我出生时他就去世了，但每到过年做米糖的时候，外婆总会提到他。我知道她心里一定想着大舅，虽然她从来不说。我也默不做声，只是悄悄地搬着一只箩筐，跟着她往村西头的作坊走去……

一条新裤子

外公生前没有兄弟，他在大司村的几个稍微亲近一点的“司氏亲戚”都是隔了好几代的。

司先平一家应该算是隔了好几代的亲戚之一。先平比我大三岁，和我母亲同辈，叫我母亲“大姐”，叫我外婆“大妈”，很亲切的称呼。按理说我应该称他“舅舅”，但我从来没有，一直像其他人那样呼他的乳名——小马。

小马的父亲是村里文化水平最高的，在私塾里锻造了很多年，也有一个很有文化的名字：亚夫。很不幸，亚夫舅爷是“四类分子”。

小马的母亲，我称为舅奶的那个人，身子很瘦小，说话的声音很尖，她老是咳嗽，一副病歪歪的样子。其实她真的有病，只不过农村人马虎，从来没当回事，或者即使知道是怎么回事，也看不起，只好拖着。有一年冬天，舅奶拖不下去了，好像是被拉到了巢湖地区的医院去（不是很重的话，肯定就在公社医院看了），过了几天，死了，不超过五十岁吧。

我当时正在塘里摸鱼。快要过年，村里把塘口抽干，把鱼捞上来，分给各家各户。但烂泥里还有乌鱼、鲫鱼、白鳝、老鳖之类的藏着，不怕冷的话，用脚和手在泥里划来划去，肯定有收获。

本来过年的气氛已经渐渐浓了，但小马的母亲死了，大人们个个都板着脸，也没人说笑了。按照乡下规矩，客死他乡的人是不能进村的，村子里的人就在我们摸鱼的塘口附近搭了个草棚子，小马的母亲躺在里面，脸上盖着一张黄表纸。小马和他的哥哥哭得很伤心。草棚子那边的人来来去去，个个垂着肩，脸上像结了霜。那天下午，我摸到了一篮子的鱼，其中还有一条白鳝，本来心情很好的，但被舅奶的死，被小马和他哥哥的哭声，被大人们哀伤的神情，弄得一点快乐也没有了。

晚上回到家，外婆正在烧饭。过了一会儿，小马的哥哥来了，是来拿裤子的。他的母亲第三天要下葬，按照规矩是要穿新衣服的，可他家没有，也没有钱去买，外婆知道后就叫他到我家去拿。外婆是个很小气的人，那条裤子是她的侄女给她当作六十岁生日礼物的，她一直没舍得穿，放在箱底压了好几年。外婆是个特别迷信的人，她怎么会把自己的衣服给一个死人穿呢？唯一能想到的答案就是，外婆太善良了，对一位逝者的同情让她战胜了自己的小气和对不吉利的恐惧。

小马的哥哥从我外婆手里接过那件衣服，看了看我外婆，说了一声：“蒙爱（方言，谢谢）大妈……”然后哭着走了。

小马当时也在念书，读初中。不知是他也视我为亲戚的缘故，还是因为他父亲的成分所背负的压力，他和我关系一直很好。放学时，我们常常一道回来。我外婆送他母亲裤子以后，他对我就更好了。放假的时候，他还帮我把桌子从学校扛回家。但过了一两年，我和他闹翻了，放学途中，居然打了起来。我当然不是他的对手，被他三下五除二就打栽进了田沟，眼睛、嘴巴、鼻孔里全是泥，我抓起一把烂泥砸向他，他又把我推进了田里。但亲戚就是亲戚，他下手绝对没有那么重，我不停地用泥巴砸他，不停地扑向他，他只是反复地把我往田里推。我后来气得要命，说了一句话：“把我家婆的衣服还来！”我的话一出口，他就傻了，木头似的，任我怎么用泥巴砸他，也不还手，只是不停地哭——先是站着哭，后是蹲着哭，再后来号啕着往村子里跑。

我后来常常想，我骂出的那一句，一定刺中了小马的心窝，他一定想到了他的母亲，而他之所以没有再还手，一定是觉得一条裤子他家无法还得起，对还债的恐惧让他突然感到无力和绝望。

多年以后，小马的父亲平了反，当了教师。再后来，他父亲让他顶了职，在一家粮站工作。我在街上碰到过他，他还带我到他的房间里面看过。

1991 年夏天，外婆在我的和县老家去世，她的村子来了好几个人，其中就有小马的哥哥。我记得他在我外婆的坟头磕了好几个头，并对我的母亲说：“我妈死的时候要不是大妈给了一条新裤子，就不晓得会怎么惨了。”说完就哭了。

那条裤子在地下肯定早就烂了，但我没想到的是，在小马哥哥的心中，它依然是“新”的。

两棵桑树

外婆家有两棵桑树，一棵在菜园里，一棵在粪池边。

菜园里的那棵更老些，树干的皮像我外婆的手，枯，黑，要是火一点，恐怕就会烧着。我起先并不知道那是桑树。有一天去菜园，在一个水凼里拎水，先浇茄子，再浇辣椒，浇完了之后，看到几只麻雀在一棵树上叽叽喳喳，就捡了一块石头，蹲下身子，对准一只麻雀，瞄了半天，扔出去的石头没砸中，却砸下了一根小树枝，上面挂满了青色的小果子。我把挂着果子的树枝拿回家，外婆告诉我，是桑树的果子，熟了的时候很甜的。她还告诉我，我妈妈小时候吃过，小姨娘吃过，死去的大舅也吃过。

我猜想那两棵树该是我外公生前种下的，我后来站在树下摘果子的时候，还会下意识地看看脚底下，心想，妈妈说不定就曾踩过我脚底下的这块土，小姨娘也踩过，大舅也踩过。

菜园毗邻一个巷子，巷子边上是小铁头家的菜园子，里面有很多竹子，风一吹，呼呼地响，傍晚的时候，黄鼠狼鬼鬼祟祟地在菜地里窜。都说黄鼠狼不是好东西，走路轻手轻脚的，像鬼魂似的。我后来看到轻手轻脚走路的，或者俯在人耳边说话的人，就会想到黄鼠狼。

我还经常在傍晚看到猫头鹰。它们蜷着身子，蹲在树梢上，不知到底在想什么、看什么——它们沉默寡言、高深莫测的样子总会让人发怵。最可怖的是半夜，也是在那片竹林里，猫一声接一声地号叫，像婴儿的哭声，风也哄不住，雨也哄不住，然后不知从哪里又来了一只猫，也开始叫，发出的声音像从病重的人嗓子里呼出来的。我用被子紧紧捂住头，恶狠狠地想：那竹林子要是着火就好了，那些怪东西就不会再藏在里面。

发现那是棵桑树之后，我的胆子似乎大了许多，每次去给辣椒、茄子浇水，会觉得有一颗颗青色果子在树上陪着我，而且，那棵树上停着许多麻雀，叽叽喳喳。麻雀总是警觉的，有风吹来，它们会率先觉察，扑棱着翅膀，呼地飞了；要是有我看不到的鬼魂们来，它们肯定也会知道的。只要它们在树上叫，我就会少了许多害怕。有了这种感觉，我就再也没有用石头打过麻雀。

桑葚慢慢地红了，又紫了，更多的麻雀飞来，有的在树上吃果子，有的在地上吃掉下来的果子。我怕吓着它们，总是弓着腰，慢慢地浇水。也有胆小的，被我的动作或声响吓跑了，但不一会，又飞回来，探头探脑的，发现没什么危险，接着埋头啄食。

那几年，树上的果子我一粒也没吃过。

但我吃过另一棵树上的果子，粪池边的那棵树上的。

粪池的一边是生产队的打谷场，另一边是生产队的稻田。我把捡来的猪粪、牛粪往粪池里倒，听到咚咚的声音，用粪瓢往粪池里捅，居然能捅到底。我猜想粪池的底部一定积满了淤泥。我搞不懂为什么那一块田地的边上独独会有一口属于外婆家的粪池——难道也是外公生前挖的吗？要是外公在世的话，他一定会把粪池抽干，把淤泥清掉的，但我和外婆都柔弱无力，只好任淤泥慢慢积压。

那棵桑树离粪池不过几步远，我理所当然地认为它就是外婆家的。夏天的时候，我去粪池边，总会伸手在树枝上摘几粒果子，乌黑乌黑的果子，手指一捏，就像染过紫色墨水一样。有一次吃了一些之后，还采了一些，揣在外婆刚给我做的白衬衫的口袋里，兴冲冲地跑回家，外婆一眼就看到我胸口大片的污渍，心疼得不得了，赶忙让我脱下来，用肥皂使劲搓，搓来搓去，也没搓干净。外婆不停地唠叨，我也后悔死了，望着被外婆倒在地上的果子，没敢告诉她那是我本想带给她尝的。

村子前面的稻田埂上其实有很多果树——杏树、梨树、柿子树……都是别人家的。看着树上挂着的果子，我有些眼馋，但从没想到去偷，或者去向别人要。见别人家的孩子爬上树摘果子，我就想，外公生前怎么不种几棵柿子树、梨树、杏树呢？我那时对一棵杏树、柿子树和梨树的渴望，就像我对一个姐姐的渴望，

杏花春雨江南

江南小景

对一位舅舅的渴望一样深切。

但村子里的桑树似乎很少见，就像村子里的其他孩子和外婆住在一起一样少见。有一段时间，学校里搞勤工俭学，发给我们每个人几只蚕宝宝，让我们回家养。那些天也是我最为风光的日子，家国、小马、六三子他们都跑来跟我套近乎，让我借一点桑叶子给他们。我给他们每人分了几片叶子，然后又抓了一大把送给菊英。她比我长两辈，但只比我大两岁，经常带着我玩，我要是有个姐姐，应该和她一样大。

那些蚕宝宝长大了以后，被交到学校去了，它们吐出的丝有没有做成被子我不知道，但粪池边的那棵桑树每年都会结出新果子，它们从青色开始一直到变成紫色，我不知道仰望过多少次。有一年的夏天，我用叉子戳树梢间的一串果子，怎么也戳不下来，便爬上树，想用手去掰，还没伸出手，一根树枝就断了。我轰的一声掉在地上，小腿恰好磕在树枝上，划出了一条口子，血不停地往外冒，回家后我撕了好几个火柴盒子的皮贴在上面，还是止不住，后来又在墙壁上找了几个虫子织成的丝绵样的茧粘在伤口上，血才慢慢地越流越少。

那两棵桑树想必早就不在了，但那根树枝留给我的疤痕还在，我摸着这块疤，就像我曾经在深夜摸着外婆的腿一样——真切。

藕塘

大司村的周边没有河，但前后左右的水塘有十来口，像十来面镜子，遗落在田野里、山坳中。那些水塘中，我最熟悉的是藕塘。

藕塘，卧于村口，正对着村中间那条悠长的巷子。青石板铺成的巷子，呈坡状，把整个村庄隔成两半，分成两个生产队。两边的人家簇拥着巷道，一户挨着一户，由低处向高处，一直铺展到山脚下。

藕塘圆圆的，果然像一面镜子，但塘里并没有藕，也没有荷叶。为什么顶着“藕塘”的名字？是若干年前曾经种过藕？不知道。村中的人也许都不得而知。一口塘很可能比一座村庄还要老，它的前世也许永远是个谜。

藕塘虽然不是村子周边最大的塘，却是离村庄最近的水塘。每天，从公鸡啼晓到月上山脊，藕塘边总有人来来往往，老的少的，男的女的，或淘米洗菜，或洗衣洗被，或担水洗澡，说话声与棒槌声，人往水里跳的声音与鱼儿在水中跃动的声音，几乎一刻也不消停。藕塘地处村庄的最低处。雨季，山坳的水往村庄里流，又顺着村中的排水沟往田野里的沟渠灌，最后又淌进藕塘。藕塘的下方是一个大坡，坡下全是水田，藕塘的涵洞一打开，水就哗哗地流进田间的沟渠。藕塘的水就这样来了又去，去了又来，一直活泛着，虽然大半个村庄的人家都在这里用水，但它总是清凌凌的。

藕塘属于东边生产队。春天的时候放鱼苗，年关的时候把塘水抽干，给家家户户分些鱼过年。平常，人在水边淘米、洗菜，总有许许多多的小鱼游过来，浮着头，张着嘴，摆动着身子。我把菜从篮子里倒出来，放在石板上，将空篮子瞄准那些小鱼，迅速插进水里，猛地抄起来，虽然常常是竹篮打水一场空，但总有得手的时候。落网的是手指大小的鱼，肚子闪闪发亮，在篮子里蹦蹦跳跳，看它折腾一番之后的可怜样，我又会把它放进水里，任它惊慌失措地游走。有一次，我把筲箕故意沉进水里，诱惑着小鱼往里面游，然后迅捷地提起筲箕，没想到不仅没捞着鱼，反而把筲箕里的米几乎全泼进了水里。那些米还没沉到水底，就被一些小鱼吞进了嘴里。

夏天，在塘中洗澡的男人和小孩多了起来，我也开始学着划水。此前我在老家的水塘里学过一次，是大我三岁的家龙教的，那次不仅没学会，反而差点淹死。我到外婆家的时候，外婆最担心的就是我玩水，她多次吓唬我，说水里有水鬼，专门拖小孩子，但我在水塘里淘过那么多次米洗过那么多次菜，也没被水鬼拖下去，胆子也就慢慢大了。村子里的小马、家国他们都会游泳，在水里扎猛子、捉虾子，神气得要命。我哆嗦着下水的时候，小马曾教过我一次，也是一只手划动着水，一只手托着我的下巴，领我往水中走。我有过以往的教训，便慌张地让他停下来，他只好把我领到塘埂边，任我呆呆地看着他们在水里逍遥。

我后来试着自己学，先将拎水的木桶扔进水里，然后双手揪住桶的边沿，使劲地往水里按，身子便会在水里呈一字形漂浮着，此时双脚不停地拍打出水花，人随桶移，也就不会呛水。如此这番练习几天之后，又开始将木桶横放着，胸部趴在上面，腾出手来在水里划动，手脚也就慢慢协调起来。待我敢于把木桶扔掉，发现自己居然在水中漂着——我学会划水了！起初我还是不敢往深水处游，只是在自己的脚能触到水底的地方划动几下，待熟练了之后，才试探着稍稍往远处游。藕塘的直径有六七十米，我后来终于能从塘口游到对岸了。再后来又学会扎猛子，学会双手抱在胸前，让身子仰卧在水面上，甚至还学会“踩水”——双脚轮换着在水里踩动，像在岸上走路一样，让身子前行。

学会游泳，乐趣也就多得多，不光可以像小马他们那样随时扑进藕塘，还可以在石头缝、水草里、水中的树根下摸虾子。多是浅黑色的大虾，有着长长的螯，被捉住时，会奋力反击，用螯紧紧地夹住人的手，但并不是很疼。把它们从手上摘下来，扔进篮子时，心里的感觉无比美妙。一般来说，在水里摸索个把小时，就能捉到足够我和外婆吃一顿的虾子。

我学会游泳的时候十岁左右，还不晓得害羞，每次下水，都会脱掉短裤，光着屁股。但比我大好几岁的小马和家国会躲在远处的大树下偷偷脱掉裤子，双手捂住裆部，迅速跳进水里，有时见我们跟在后面，他们干脆连短裤也不脱，直接钻进水里。

天渐渐凉了，下水的次数也就越来越少。到了冬天，藕塘的水面上结了一层或薄或厚的冰。上学或放学从藕塘的边上过，我们的手上会捏着几块薄一点的瓦片，在冰面上打，看谁的瓦片飞得远。"打瓦片"不光是技术活，也是体力活，小马和家国他们手中的瓦片总会比我的飞得远，飞得快。我有时被他们嘲笑，很是不快，但心里还是对自己说："等我长得和你们一样大，肯定会比你们打得远。"

年关的时候，队里开始给藕塘放水，涵洞打开，水渐渐地往下落。小孩子们心急得要命，不停地往塘边跑，先是看到塘口的石头慢慢露出来，再看到塘边柳树的根露出来，又看到塘底露出一块，有鱼在水里搅动着水花，有鱼从浅水里刺溜地蹿起，又一下子跌落在烂泥里，使劲地蹦跶，最后满身都是泥巴。岸上的男人套上皮裤子，慢慢地挪到鱼跟前，双手掐住鱼鳃，手一扬，鱼便飞到了塘埂上，小孩子们从四周跑过来，围着今年藕塘里被捕获的第一条鱼，指指点点。

塘底的水终究无法全部从涵洞里放出去，最后还需要水泵帮忙，往往是一台水泵从塘底往外抽，另一台水泵接力，把水抽到塘埂外。塘慢慢见底，大大小小的鱼也纷纷露了出来。一部分人下到塘底，捉住鱼往筐子、稻箩里和塘埂上扔，其他人把捉到的鱼往生产队的稻场上挑。鲶鱼、鲢鱼、乌鱼、鲫鱼，甚至还有老鳖、乌龟也都从淤泥里被扒了出来，那些小草鱼、小鲫鱼则被放在一只大澡盆里暂且养着，待重新给塘里放水后，再丢进去，继续养一年。

塘里的鱼捉得差不多时，队长司有早才会朝塘埂上急吼吼的孩子们一挥手："下去捉吧。"有人早已瞄上了被遗漏的鱼，跳进塘里，直奔目标。还有的用手在淤泥里不停地划，总会有乌鱼、鲫鱼、虾子、泥鳅之类的藏在里面。我有一次就曾在烂泥里摸到了一条滑溜溜的东西，原以为是一条黄鳝，没想到用篮子连同泥巴抄起来时，居然是一条白鳝。我慌慌张张地用胸口盖住篮子，踉踉跄跄地爬到塘埂上，那白鳝从篮子里游出来，往草丛里钻，我双脚死死地踩着它的头，终于将它踩晕了。旁边的小孩看到我手里扬起的白鳝，眼珠子都快蹦出来了。

那天虽然冻得不轻，但我还是极为开心。我拎着那条白鳝刚跑到家，就听到藕塘那边传来一阵阵撕心裂肺的哭声，外婆从堂屋里走出来，轻轻地嘀咕了一句："肯定是道兰死了。"

道兰是小马的妈妈，十几天前抬到公社卫生院时，说是得了"割舌病"（食道癌），活不长了。她果然没活长，没挨过年关、吃到年鱼，就死了。

那天，天黑了很久，生产队才开始分鱼，一盏汽油灯高挂在稻场的中央，灯光打在大人和孩子的脸上，人的影子在地上晃。

我和家国他们围在鱼堆边上，不再像往年那样兴致勃勃。那晚小马家没人来到稻场上，他和父亲、哥哥正在新搭起的草棚里给他的妈妈守灵。那里也有盏灯，鬼火一样，散发着微光。

冬至

一年中，祭祀的日子有三个：清明、冬至、除夕。记忆中，大司村那边，清明和除夕只是给死人烧烧纸，在坟前磕几个头，但冬至那天显然要隆重得多。

为什么冬至会比其他两个日子更受重视，我没问过，也就无从知道其中的原因。但既然有这样的风俗，肯定有理由。以我的猜测，冬至到了，北风会一阵紧似一阵，树上的叶子纷纷飘落到地上，只留下光秃秃的枝干；肥嘟嘟的麻雀们也耐不住寒风，天黑的时候，急吼吼地往草垛或草房子的屋檐下钻。再过一些日子，沟渠里开始结冰，天上也有雪往下落，落在房顶上，落在人的头上，落在山中地头的坟包上。裹紧被子的人们夜半躺在床上，听着雪粒子沙沙地打着屋顶，打着窗子，满脑子是雪花和死鬼们的影子，夜也就被拖得更长。

冬至的前一天，外婆必定从供销社买来两刀纸。一刀给外公，另一刀给大舅。晚上，桌子上的煤油灯发出昏黄的光，外婆提出那两刀纸，放在地上，又拿出一把镰刀，将镰刀的木头手柄凿下来，开始“造钱”。

“造钱”的过程大致是这样：先从一刀草纸中拿出一沓，在地上展开，然后将镰刀圆形的口放在纸上，用小铁锤对准镰刀弧形的背轻轻敲击，敲一次，移动一下，草纸上便会刻下一个挨着一个的大小一样的圆形印迹，这便是一枚又一枚“铜钱”了。

一刀纸通常有四五沓，一沓一沓地刻，一锤一锤地敲，而且所有的“铜钱”都要敲成一条直线，自然不是容易的事。看着外婆敲完一刀纸，又慢慢地把纸理整齐，摆成一摞，我也就大致明白了整个流程。我看外婆一直弓着腰，有些累，就对外婆说，让我来敲。外婆说，你不照。我有点不服气，从外婆手上拿过锤子和镰刀，开始敲。果然，用力不是轻了就是重了。用力轻，下层的纸因为没有受力，没刻上圆形的印子，纸也就没变成“钱”；用力重，上面的纸会被砸破，也刻不出“钱”的样子。我笨手笨脚的，没捏稳镰刀的背，居然将锤子砸到手指上。外婆有点生气，说，讲你不照你不听，纸砸破了就不是“钱”了，还有什么用！我心中有委屈，但又明白“钱”是不能糟蹋的，便不敢回嘴了。

外婆拿过镰刀和锤子，坐在小凳子上，低着头，接着敲，她的鼻子几乎要挨着镰刀的背了。我看着她，不敢像平时那样随便说话。外婆对很多事情都是忌讳的，我要是说了可能冒犯神灵的话，她会生气，甚至伤心。我就呆呆地坐在边上，看外婆手中的镰刀在纸上移动，听铁器撞击发出的清脆的声音，等待她敲出最后一枚“铜钱”。

第二天，我们去上坟。外婆把做好的纸钱和一把火钳放在筐子里，担在肩上，我扛着一把铁锹，跟在她后面，往村子西边的坡地上去。那里有一块山地是外婆家的，外公和大舅就葬在边上。那是两座挨着的坟，坟上的枯草在风中摇摆。大一点的坟里躺着外公，他是饿死的；小一点的坟里躺着大舅，他在葬了外公之后，忽然倒在地上死了，也是饿死的。他们父子就这样在几天之内相继死去。外婆后来说过这样一句话：家权舍不得丢下先圣，把他带走了。外婆说这话的时候，我有些奇怪——她怎么面无表情，好像是在说着别人家的事情？难道她的哀伤被风吹干了吗？

外婆先是从旁边的地里挖土，一担又一担地挑到坟前，挑了几担之后，开始用铁锹往两座坟上堆，再用铁锹的背把松软的土轻轻地拍严实、平整，又寻一块长着枯草的土，挖两块，削成圆圆的形状，在坟顶上放一张草纸，再手捧着那两块圆形的土压在上面，做成坟的“帽子”。“帽子”放好后，外婆后退几步，看“帽子”好像没有摆放在坟头的正中间，又动手挪一下。她那么小心翼翼，像是在给外公和大舅盖两间暖和、漂亮的房子。

给坟培好土之后，开始烧纸。外婆先用带来的火钳在地上画两个圈（据说画了圈之后，旁的死鬼就抢不走纸钱了），将两刀纸各抽出一沓，用火柴点燃，放进圈里，外婆一边烧着纸，一边念念有词：“家权你来收钱，先圣你来收钱……你们买几件衣裳，买点吃的，别冻了别饿了……”纸钱在坟前翻飞，外婆又招呼我跪下、磕头。我跪下的时候，外婆喃喃道：“家权、先圣，强子给你们磕头，你们在地下要保佑他……”她用树枝轻轻地挑动着那些纸钱，好让所有的纸片都烧尽。纸快烧完的时候，外婆示意我开始放鞭炮。这是我最喜欢做的事。我把鞭炮拿出来，盘在一起，这样不仅不会成为“哑炮”，而且炸起来更响亮。我划了一根火柴，点燃了引信，鞭炮噼里啪啦地响了，红色的碎屑像红色的雨点一样溅开，地上的泥土也被炸得飞起来，一股股青烟卷着淡淡的硝石和硫磺的味道在空气中弥漫，刚才沉闷的气息一扫而光，天也似乎亮堂许多。两座坟上新鲜、光滑的泥土在阳光的照耀下，发出明晃晃的光。

外婆收拾起火钳，放进筐子里，将筐担在肩上，我扛着铁锹，跟她往回走。到处是烧纸、挑土的人，还有人家在坟边大声地哀号，我莫名地开始害怕，眼睛又忍不住四处张望，发现每一处坟前忙碌的人都很多，而刚才我们家的坟前只有我和外婆两个人。

烧完了纸，挑好了坟，冬至就过去了，地里的庄稼基本上不需要打理，村子里的男劳力就要到几十里外的地方修河堤。外婆出门时担在肩上的是上坟时用的那副筐子，一只筐里放着一把铁锹，另一只里面放着脸盆和换洗的衣服。外婆是全村唯一出工的女劳力。队长司有早怎么劝阻她也不管用，她只想多挣点工分，这样就可以在年终分红时多得点钱，给我的父母带回去多买点粮食。在她的心中，粮食实在是太金贵了。

风中的夏天

外婆起床后不一会，巷道里就传来口哨声，接着是队长司有早的大嗓门声："男人女人都到柳塘那边薅草，马上就出门啊，不要在家磨……"他的哨子一遍遍响着，大嗓门也在一遍遍地叫着。我也起床了，先把鸡笼里的鸡放出来，再从米缸里抓几把米放进箐箕，去塘口淘洗。

天还没有亮，人的影子还是模模糊糊的，大人们的身子在往田野那边移，说话声和咳嗽声也慢慢轻了。有三两只萤火虫在路边的草丛里起起落落。风吹过来，像一只清凉的手在身上抚摸。

我淘完米，回到家，开始煮粥。煮粥是每天清晨我必做的事。把淘好的米倒进锅里，加进几瓢水，用柴火烧，烧滚后，闭火，开始喂猪。猪食大多是头天从水塘里捞回来的浮萍，或是从田埂上割回的青草。我偶尔也会烀一些山芋，再拌上米糠，喂给猪吃。我对猪的好，不亚于对一个人的好，因为一头猪换来的钱，比外婆一年挣的工分还要多。

猪吃饱了，进了圈，我再次点着火，把锅里的粥反复烧滚，看到米粒差不多黏稠的时候，盖严锅盖，焐一会，粥更稠了。

等太阳挪到东边的草垛上方，早晨歇工的时候就快到了，我把粥盛在大蓝边碗里，总共两大碗，放在桌子上，又端出咸菜。外婆到家时，粥正好凉了，她端起碗，吸一口，就剩下半碗，再吸两口，就差不多见了底。两碗粥都喝完，外婆便拎着我和她头天晚上换下的衣服到塘口去，洗完后，又该上工了。

外婆走后，我把锅里剩下的粥盛放在一个大瓷缸里。夏天日子长，我每天早上都会多煮些粥，留给外婆半上午时填肚子，再烧些开水，倒进另一个大瓷缸里，往里面放一些山里红茶叶。日头爬到小铁头家房顶时，我就把那两个大瓷缸放进篮子里，拎在手上，到田里去。

家家户户的小孩都像我一样，拎着篮子，只不过他们大多是提着两只篮子，分别送给他们的父母。有的人家有爷爷、奶奶在田里干活，就会有两个孩子出动，一人手提两只篮子。我只有外婆，手里总是提一只篮子。两只瓷缸放在篮子里，必须保持好平衡，稍稍斜一点，就会有一只瓷缸滑动，很容易倾覆，要是一只瓷缸滑倒了，另外一只也就会倒。有一次，我不小心把两只瓷缸都弄倒了，稀饭和茶水都漏到地上，瓷缸里只剩下一点点，我拎到外婆跟前时，她看了看，把剩下的茶水和稀饭兑在一起，对着嘴巴喝了下去，然后对我说："快回家，晒死了。"那一次，我一路上想着外婆要饿着肚子做活，差点要哭。

送到田间的稀饭早就凉了，这对于在毒辣的日头下晒了大半个上午的外婆来说，不亚于"冰镇饮料"。外婆走到田埂边，一口气喝完稀饭，我把装茶的瓷缸留在田埂上，拎着另一个空瓷缸回到家，接着淘米、煮饭、烧菜、喂猪。中午歇工时，外婆到了家，饭菜已经摆上桌子。她吃完饭，把门板卸下来，放在巷口的地上睡一会，再到菜园里，除除草，看看有没有别人家的家畜跑了进去。我一般都睡不着，拎着一只篮子，到村东头的水库里摸蚌，摸虾子。

下午四五点钟时，开始煮晚饭，还是稀饭。稀饭煮好了，开始喂猪，再把门口的地扫干净，从塘口拎来几桶水，泼洒到地上。地是青石板铺的，水洒过之后，发出亮亮的光，看上去就有几分凉意。我把竹床搬到门口，把稀饭端到竹床上，再摆上腌蒜籽、腌豇豆，先吃完，坐着等外婆。外婆回来后，从摆放在门口的水桶里舀几瓢水，洗手、洗脸、洗脚。她吃饭的时候，我坐在旁边给她打着扇子。外婆不爱说话，我也不爱说话。一个是六十岁的孤寡老人，一个是十来岁的孩子，她不懂我，我不懂她，有什么话可说呢？

外婆吃好后，收拾碗筷，洗锅、洗碗，我把凉床扛到村口的田埂上，其他人家的小孩也把凉床扛过来，我们都躺着，等大人们来乘凉。田野很开阔，风从远处来，裹着禾苗的清香和草木的气息。星星在天空中像水洗的一样，亮晶晶的，偶尔有一颗流星划过天空，倏忽就不见了，像是哪个顽皮的孩子在天上放了一束烟花。

我不知不觉睡着了。外婆是什么时候来的，我不知道。她把我推醒，我迷迷糊糊地从竹床上起身，在地上找鞋子。她扛起竹床往家走的时候，我还是没有醒透，跌跌撞撞地跟在她后面，脚底的鞋打在青石板上，啪啪地响。

童年碎片

过年

在外婆家过第一个年时，放完了鞭炮，开始吃年夜饭。奇怪的是，外婆将大门关起来，然后点上了煤油灯。我想问为什么要这样做，但又没敢说。以后每年吃年夜饭的时候，外婆都是将大门关起来。这和我老家完全不同。再观察别人家，也都是放完了鞭炮，就开始关门。想一想，大概是为了关住财富，不让它外流吧。

我已有三十多年没在大司村过年，不知道那里是否还保持着除夕“关门”的习俗。

报名

我虚七岁的时候上小学，一个人去公社的学校报名。走在路上，很害怕，一是怕自己年龄小，老师不收；二怕自己是外地的，老师也不收。踌躇再三，终于走到窗口，老师问哪个村子的，答曰“大司的”，老师又问叫什么名字，灵机一动，回答说“司正祥”，用的是母亲的姓。老师望了望我，没有刁难，我就这样稀里糊涂报了名。

不记得正式上课时我为什么又不姓“司”了。不过老师们后来都知道我是“大司村那个孤寡老人的外孙子”。

“花纸”

在公社小学念了半年之后，大司村也开了小学，就在外婆家前面十几米的地方，我们都转了回来。学校是村子的仓库，里面有个很大的天井，其中有一间还住着一位老人，是个瞎子。讲台和黑板都是泥巴砌的。老师叫司有春。过年前我去司老师家里拿成绩单，见到别人都拿到了一张“花纸”，我却没有，回家跟外婆说，外婆带着我就去了他家，问：“人家都有‘花纸’，我家小祥子怎么没有？”司老师说：“他太小了，明年再给他吧。”

我后来才知道那“花纸”是奖状。估计司老师手里的奖状不够用，无法那么公平，只好委屈我这个“外姓人”了。

说书人

说书人高高大大、精精瘦瘦的。他的口音明显和大司村的人不一样。他来到大司村的时候，一般都是在冬天，而且一定住在六二子家。

六二子家背对着农田和藕塘。打开他家的后门，可以看到绿油油的稻田和碧汪汪的水。夏天的时候，风从田野里过来，穿过他家的后门，直达他家，屋子里有淡淡的青草气，很好闻。他家大门前有一条青石板路，村东、村西的人相互串门，基本上都会路过他家门口，夏天的时候，会有一股子穿堂风往人的身上扑。

他家只有三间房子，屋顶并不高，地上的土常年都是黑色的，可能与他家离水边近、终年潮湿有关。他家的堂屋很大，可以容纳十几二十个人。说书的人看中他家，估计与堂屋的面积大也有关系。

说书人有个鼓囊囊的包，里面装着他的衣服和日用品，还有一副快板和一个响木。他说到高兴处，会打起快板，边说边唱，还会拿着响木，猛地磕在桌子上。不知道是眼睛小的缘故，还是沉迷于享受状态，他的眼睛总是半闭着。说到金兀术被牛皋活捉时，他突然睁开眼睛，发出哇哇哇的叫声，吓了我一大跳。

说书人姓甚名谁，我不知道；他是哪里人，我也不知道。他说书从来不收钱，做的是真正的公益活动。我在很长一段时间内都有一个疑惑：他是靠什么生活的呢？

那些天他都是在六二子家吃喝，前后有一个礼拜。六二子家人口多，口粮也不多，但为什么会让他白吃白喝呢？我没弄明白。

长大后，我看了一些书，常常会和一些熟悉的名字、细节相遇，哦，这些原来是说书人曾经说过的。

糖果

新衣、杀猪饭有点奢侈，但糖果要大众、普通得多，有山芋和米就能做成，外婆也能做得起。

做糖果，一般是在过年前的半个月左右，场地是生产队打谷场的一间屋子。几个外地来的手艺人在那里搭灶，架上一口大锅，支起案板，村子里的人按照预约的顺序，轮番把糖稀和米挑进那间屋子。那些天，整个村庄的空气里弥漫着浓浓的炒米香味和糖稀的甜味。

村里的人家基本轮完以后，外婆才会去排队。外婆做的糖果比较少，不到别人家的一小半，因为我们家只有外婆和我两个人。虽然没有人家的多，但足够我一个人从年前吃到来年春天插秧时节。此时，糖果的骨架子已经散了，瘫在坛子里，掏出来时，像软软的松疏的锅巴，不过要比锅巴甜得多。

糖果其实就是炒米糖。乡下人买不起那么多的糖果，就给炒米糖起了这么一个尊贵的名字。

几十年后的今天，我还喜欢吃炒米糖，在大街上遇到炒米糖，都会买一些。

手抄本

我接触到第一本有点儿“文学”的东西，大概正在读小学五年级。那天，小皮实拿来了一个手抄本，说，这个故事好看，你也抄下来，以后慢慢看。我便买了一沓子信纸，然后坐在煤油灯下。红格子信纸，悦目的蓝墨水，我满怀虔诚，工工整整地抄着，被这种极富仪式感的举动弄得有点感动。感动，就会倍加用心。我发现自己的字写得从未有过的漂亮。

灯芯扑闪扑闪的，像是有人隔着窗户在往屋子里吹着风；屋外有猫在叫，高一声，低一声，掉了魂似的。而更让人头皮发麻的是，海边出现了一具死尸，双目怒睁，双拳紧握，他那被海水泡白的大腿边上，一个手提箱敞开着……

“死尸”当然是手抄本中的情节。这是第一次看到别人“露骨”地写死尸。我从没见过大海，见到最大的就是水库，我极力想象大海的样子，想不出来。我也从没见过死人，但我很容易就想象出死尸的样子。是不是越美好的东西，越是难以想象、难以抵达？

想着，想着，便觉得有阵阵阴风袭来，有寒气袭来，有张牙舞爪的鬼魂飘过来……赶忙丢下笔，灭了灯，爬上床。

我第二天还是抄完了。那是个悬疑故事，情节、人物、故事名，我都忘了。风格类似于阿加莎·克里斯蒂。我后来对她的作品，对很多其他悬疑类的作品着迷，肯定与这个故事有关。

那个手抄本，我后来用它交换了另一本“书”，是跟一个同学换的。那根本算不上是“书”，前面的几十页被撕掉了，后面的也被撕掉了，只有三四十页的样子，皱巴巴、脏兮兮，像是从粪堆里扒出来的。不过我还是如获至宝。我看到了很多人——贾宝玉、林黛玉、薛宝钗，看到了贾琏、王熙凤，还看到了大户人家令我目瞪口呆的富贵和复杂……我也曾恭恭敬敬地把书中的诗词抄在红格子信纸上，用蓝墨水，一笔一画。

那个悬疑故事手抄本，还有那本残缺的书，后来连同我的童年和少年时代不知所终。不过有的东西终究不会散去，比如那份记忆，还有那点微薄的营养，让我至今想来仍是心动、感念。

第二辑

第一场霜

我的村小

司有林的家坐落在一个细肠子般的巷子的根部。房子顶上铺的是黑黑的小瓦。那些黑瓦总像披着一层灰，脏兮兮的，只有到了春天，从墙缝和瓦楞上蹿出的几缕嫩绿的草在风中摇曳，算是给房子补了新妆。我那时对这座屋子里的一切都充满好奇，但从没进去过，因为这座房子的主人司有林是我的老师，我在幼年的很长时间里对老师都是忌惮的。

有林老师是在一年级下学期开始教我们的。一年级上学期，教我们的是同村的司有春。有春老师是老三届高中生，文化程度高，后来被调到公社的小学教书去了，再后来他考取了巢湖师专，我上高中的时候，他又成了我的班主任，教我们语文。他对我帮助很大，是我的恩师。

一年级下学期开学时，队长司有早站到了讲台前，他指着站在他边上的司有林说，伢子们，现在他给你们做老师了，你们要听他的话，要是不听，就让他打你们。他还说，有林读到初中二年级，在村子中除了有春之外，是文化程度最高的。有林当时二十岁的样子，白白净净的，话不多。我们下课打打闹闹，他要么回家转一圈，要么就立在我们的旁边看着，一言不发。

我们的教室是生产队的会场改成的，高高的房顶由两根立在地上的柱子撑着。生产队的瓦匠用水泥在土墙上糊过一大块之后再刷一层黑漆，就做成了黑板；讲台则是用一摞子土砖砌成的。教室的前面是一个天井。和教室并排的房子也是生产队的，住着孤寡的瞎子老太。那房子和我们的教室相通，穿过去，再走几十步，就是我外婆家。

和我同桌的是司家国。他比我大三岁，长得壮壮实实的，力气很大。外婆让我跟他在一起坐，是觉得他老实，不会欺负我。家国确实老实，我和他同桌好几年，经常冒犯他，他要是打我，我肯定不是他的对手，但他从没对我动过手，相反，他还成了我的“保护伞”。我到公社小学读书时，从外婆家带去一条榆树做的板凳当课桌，板凳很沉，开学初家国把它扛过去，学期结束时，他再扛回到我外婆家。在学校时要是有人欺负我，我跟家国一说，他不分青红皂白，呼啦一下就冲出教室，寻到那个人，上去就是一个扫堂腿，然后压着他打几拳，边打边问以后欺不欺负人了，那人要是不服软，就会被追加更多的拳头。家国的拳头厉害，但念书不行，老是抄我的作业。小学五年级的时候，我不知为什么和他闹翻了，此后好几年时间没跟他说过一句话。他小学毕业后就没念书了，几年后去芜湖顶他父亲的职，做了钢厂的工人，回家时碰到我，主动跟我打招呼，我也忘记了不快，与他说了一会话。

有林给我们上的第一课是《披着羊皮的狼》，他将生字抄在黑板上，带着我们读，读完了之后，又让我上台带大家读。他可能听有春老师说过我的成绩不错，对我一直有点另眼相看的意思。他还让我检查其他人的作业，我干得很起劲，但外婆不乐意，认为我这么“教”别人，会让别人把我的本事学了去，我只好晚上偷偷溜到教室，叫那些同学把作业带过去，让我检查。

二年级上学期快结束时，有林老师跟我说，他第二天有点事，让我在班上代替他做一回老师。我学着他的样子，上午把学过的字、词抄在黑板上，带大家读，然后再擦去，让同学们一个接一个上去默写，还给他们打分。下午又开始“教”数学，让他们做加减乘除。就这样，居然把一天时光混过去了。那天晚上，我快睡觉前，有林老师来到我外婆家，问了几句话，然后丢下一些桃子。

过了几天，六三子等人约我去偷桃子。我们每个人带着个篮子，一大早就出发了。他们像是老手，带着我走了很长的山路，爬上一个山坡，翻过一个山坳，眼前忽然出现一大片桃林，树上缀满了红得透亮的桃子。我刚蹲在一棵树下摘了几个，就听到狗叫，一个中年人出现了，六三子他们拎着篮子就往桃林外跑，我也跟在后面跑。那男人一边追一边大声叫，可怜我最小，很快就被其他人丢在身后，眼看那男人快追上时，我的腿更是迈不动，但没想到，他站在原地不撵了，只是骂了几声，大意是下次再来，就敲断我们的狗腿云云。但我还是不敢松懈，一直往山下跑，六三子他们坐在那里，啃着桃子，一副得意扬扬的样子，我也坐下来，把桃子在裤腿上擦擦，吃了起来。

回到家，我没敢跟外婆说偷桃子的事，而是把剩下的几颗桃子偷偷放在水缸边的一个篮子里。第二天早上起床，跑过去看，才发现那些桃子已被老鼠啃出了很多洞，我没敢吃，只好扔了。

在村子里读完二年级，我们就到公社去上三年级。有林老师还是留在村中教书。我有时端着饭碗，站在村小学的门口听大人们闲聊，一看到有林老师走过来，就会掉转身子走开。后来我考上高中，有林老师知道后很高兴。有林老师初中没毕业，他看着自己的学生能上高中，脸上也有光啊！

有林老师现在应该快七十岁了吧。我上高中的时候，村小学就已经撤销，而他又没能到公社小学去教书，没像其他民办教师那样转为正式教师，只好又在家种田。二十世纪八十年代初期，我听别人说他种松树苗，赚了一点钱，但后来又亏了。这么一说，又是三十多年了，这期间我没见过他，也没听说他的消息，不知我的这位启蒙老师这些年来过得怎么样。

“筷子戳戳”

跟外婆生活的那些年，我只去过一次医院。是因为和司家元打架，头上被他打出好几个包。外婆领着我去公社卫生院，医生开了一瓶药，叫“消肿丸”，每颗药丸都杏子般大，苦得很，我强忍着吃了好几天，头上的包慢慢消了。

去医院的次数不多，并不是没有生过病，当然也不是什么大病，主要是风寒、发烧。那次我打摆子，外婆用被子裹住我，把能找出来的棉袄、棉裤之类的厚衣服全盖在我身上，然后让我喝了好几碗开水，我在床上抖动了大半夜，后来终于不抖了。

有一次，我身子难过，不想吃东西，不想出去玩，爬上床睡了。外婆从地里回来，看我蔫头巴脑的样子，就问怎么搞的，我说头疼，她走到床前，用手摸摸我的头，说：“这么烫？肯定是你家公、大舅摸你了。”

“摸我？”我不明白。

外婆出了房门，马上又进来了，一只手端着碗，另一只手拿着三根筷子，放在地上，说：“你家公、大舅他们想你，来摸你了，我用筷子戳戳。”

她把盛着水的碗放在地上，关了房门，蹲下身子，左手拿起筷子，右手从碗里掬起一点水，从筷子的顶部往下淋，边淋边念念有词：“家权，要是你摸了强子的头，你就站着；先圣，要是你摸了强子的头，你就站着……”

外婆幽幽的声音在墙角那边传过来，从窗口透进的一缕光打在她满是皱褶的脸上。她垂着头，眼睛紧紧地盯着手中的筷子，嘴巴里反复念叨着一句话：“家权，要是你摸了强子的头，你就站着；先圣，要是你摸了强子的头，你就站着……”

我觉得奇怪——难道外公和大舅他们就在不远处？他们能听到外婆说的话？

外婆说了许多遍，也给筷子淋了许多次水，奇怪的是，筷子真的在碗底立住了！

“哦，先圣，你想强子了吧？你不要摸他的头。你要保佑他。过几天我带他给你烧些纸……”外婆说了一大堆好话之后，起身对我说：“是你大舅摸你的头了。过几天我给他烧些纸。”

可我不明白的是，外公、大舅在我出生之前就死了，他们从来没见过我，怎么会摸我的头呢？他们是什么时候摸的呢？白天还是晚上？我怎么一点都没感觉？——我心里有好多疑问，不敢问外婆，只好在心里藏着。我在心里一遍遍地想象着外公、大舅的样子。我知道人死了，都会变成鬼的，我的外公、大舅虽然也是鬼，但他们肯定认得我，不会吓我，不会害我的。

第二天，烧退了，我也就相信真的是大舅摸了我的头，也相信是外婆用筷子把我“戳”好的。

那以后，我还发过几次烧，外婆还是先关门，然后用筷子在装了水的碗里“戳”。她叫到“家权”时，筷子立住的话，就是外公摸了我的头；要是叫到“先圣”，筷子立住，就是大舅摸了。

烧退了之后，外婆一般都要领着我去外公、大舅的坟前烧些纸，我跪在边上，外婆翻动烧着的纸钱，口中念道：“家权你来收钱，先圣你来收钱，你们这些死鬼在地下好好的，不要吓强子……”

烧纸的时候，我心里又生起了疑问：我的爷爷也死了，为什么不是他摸我的头呢？外婆怎么就知道是我的外公和大舅摸的呢？想来想去，我想出的唯一原因就是，外婆太想我的外公和大舅了，他们是她最亲的人，却已经在冰凉的土里躺了很多年。

外婆也会打摆子，也会发烧。她发烧时，是不是她的大大、妈妈摸她的呢？要是换成别人家，肯定也有人用筷子“戳”的，但没有人帮我外婆“戳”，她家里除了我，没有别人，而我那时太小，不会“戳”，也没想到过给外婆“戳戳”。外婆就那样在床上静静地躺着或坐着，有时还拖着病体下地。她扛着、扛着，病痛终于抗不过她，不知什么时候就溜了。

山芋干

大司村地处丘陵地带，水田不多，但山地不少，除了种蔬菜，大多种的是山芋。越冬时节，山芋容易冻伤、腐烂，有的人家便挖了地窖藏山芋。这些山芋基本上不用作口粮，而是做来年的种子——埋在土里，等它们发芽，长出苗，然后移栽到山地里。

外婆家没有太多的剩山芋，也就没挖地窖，山芋都放在灶膛后面的柴火池里。土砖砌成的柴火池，堆了草和松树枝，下面还铺了层糠，山芋就埋在糠里。因为有柴草和糠的双层保护，那些山芋所受的待遇不比地窖里的山芋差。

我坐在灶膛口烧饭，偶尔会动糊涂心思——掀开柴草，把手插进糠里，在里面摸出一根山芋来。冬日的山芋生吃，甜；埋在灶膛的柴火里烤着吃，也甜。山芋本来就藏得不多，除了我吃掉的，还有烂掉的，

夏

荷塘鱼戏

来年的时候基本上所剩无几，外婆不知道我做了手脚，嘀咕：那么多山芋怎么都烂掉了？

好在别人家有山芋苗，外婆东家要一点西家要一点。村东村西两头都有外婆家的地，在山坡上，除了留着一小块种茄子、辣椒、冬瓜、南瓜，其余全都种上山芋。山芋长大了，挖出来，堆在堂屋的拐角。老鼠经常会在夜间或白天没人时跑出来啃几口；有时在屋外吃食的猪没被及时关进圈里，也会跑进屋子，直奔那堆山芋，我一见就很生气，狠狠地朝它的屁股上踹一脚，它“嗷”一声，撒开腿，逃了。

并不是舍不得给猪吃山芋。一般来说，我会把山芋煮烂，和糠掺在一起，放在食盆里给猪吃，但猪和贪婪的人一样，总是吃不饱，逮着能吃的就会张着嘴，它在屋子里呼哧呼哧地大口嚼着山芋，满地都是碎渣子和它流下的涎水。

外婆种了那么多山芋，主要还是给我的父母和兄弟用作口粮。我老家在圩区，种的是水稻，但家里人口多，挣工分的少，分到的口粮总是不够吃，那“空缺”基本上都是靠外婆种的山芋填补的。

山芋刚从地里挖上来的时候，放在锅里加水煮，或者切成薄片放在锅沿上蒸熟，很香、很粉；山芋还可以放在灶膛里烤；而最常见的吃法则是煮稀饭。山芋上市时，我父亲会准时来到大司村，他正当壮年，挑一担一百来斤的山芋，翻山越岭，走过四五十里的路，当然很辛苦，但傍晚时还是能赶回家的。山芋挑到家，父母还会客气，当成稀罕物给左右隔壁送去几根——

这玩意在圩区确实还是稀罕的。

保存山芋最好的办法还是做成山芋干。通常是立冬前后，先把山芋洗干净，放在筐子或者桶里，人坐在一条前端装着刨刀的长板凳上，戴着手套，把山芋刨成片。刨刀很锋利，不小心的话，就会把手指或手心刨得鲜血淋漓。我也刨过山芋，但从来没有受过伤，外婆也没有。

山芋片要拎到村后面的山坡上晾晒，每隔一两天，就要翻一下，不然另一面吸入草地里的湿气，很容易生霉。如果一直不下雨，经过十来个日头，就会晒得很干很脆。突然落雨的时候，人就会从家里、学校、地头往山坡上跑，抢着收拾山芋片。要是接连几天阴雨，山芋片基本上就会发霉，不能吃了。遇到这种情况，不光我外婆，换成任何人家，都会心疼得要命。有一回，小河子家晾晒在一大片山坡上的山芋片被雨水淋透了，他的妈妈哭得很伤心，小河子站在雨中，指着广播骂：做天气预报的人哪有本事啊！他们就是看看屋里的墙根和屋外晒的腊肉，要是没回潮，就说不会下雨，回潮了，就说要下雨，他们尽瞎扯，嘴巴不烂掉才怪！

山芋片顺利晒成山芋干后，就要往家收。大人们弯着腰收山芋干，小孩子扎堆在山坡上打滚，玩跳房子游戏，还有的在石头边挖个洞，架起柴草，把山芋干放在上面烤。山芋干不好烤，边沿很容易烤焦，需要不停地翻动，火候把握好的话，烤好的山芋干特别香，也很脆。收山芋干大多在傍晚，夕阳照在山坡上，照着枯黄、柔软的草，一缕缕烟在山坡上飘，小孩子的尖叫声和大人的斥骂声交织，山芋干的香味和糊味在山坡上飘浮。那也是除了双抢之外大司村最热闹的一个场景。

山芋干要比山芋片轻得多，我十来岁的时候就能把两筐山芋干从山坡挑到家中，先倒进一个大缸，盖上一个大的簸箕，再压上一块石头。但可恶的老鼠总会有办法咬穿簸箕，跳进缸里，啃啮山芋干。有一次搬开石头，掀开簸箕，发现两只老鼠正在缸里贼眉鼠眼地盯着我。我想把它们吓走，但这两个东西怎么使劲，也无法从光滑的缸壁上爬出来，后来还是隔壁的小铁头聪明，他用一把长长的大扫帚将这两只可恶的家伙从缸里挑了出来。

山芋干可以放在饭头上蒸，也可以用来煮稀饭。稀饭里的山芋干，既软又有些咬劲，吃起来很香。冬日的早晨，大人们上了头遍工，回来吃早饭，他们端着饭碗，聚在门口的日光下，热气腾腾的碗里盛着的都是山芋干稀饭。一般的人家，基本上是早上山芋干稀饭，晚上也是山芋干稀饭，只有中餐才会煮干饭。我们家的稀饭有时没吃完，外婆一定会留着第二餐吃，我让她倒给猪吃，她舍不得，说："你家公、大舅他们那时要有一碗山芋干粥，就不会把命丢了。"

父亲一般在年前都要来外婆家挑一两回山芋干，每次两大麻布袋。冬季正是青黄不接的关口，老家那里的很多人家常常只吃两顿。有一次跟着父亲回去，路过老家边上的一个村庄，很多人跟我父亲打招呼，他们似乎都知道他从我外婆那里挑来了山芋干。一位老人站在路边，咂着嘴："声传有个好丈母娘，多有福气！”

我们家锅里的山芋干香气，也会飘进其他人的鼻子里，有几个人就上门央求我母亲带他们到大司村借山芋干，母亲不好拒绝，那几家的男劳力便挑着空空的稻箩，跟着我母亲，走过四五十里山路。母亲挑了几户孩子少的人家说明情况，那些人家二话不说，尽量匀出一些山芋干来，几个男人第二天都挑着装满白白的山芋干的稻箩，喜滋滋地回去了。

第二年夏天，老家的人割了稻子，碾成米，首先想到的就是归还大司村的口粮债。当时借的不过是区区几十斤山芋干，却是救命的粮食，虽然谁也没有打欠条，但按照事先的约定，都会给足斤两，有的人还会顺带用木桶装一些他们在水田里捉来的泥鳅送给人家，算是额外的感谢。

时隔很多年，大司村还和我老家的大庄村有来往，那些因山芋干而结缘的人，如今都老了，他们见面时，还会说到往事。大庄村的人说：“我们那时真是困难，你们的山芋干帮了我们大忙！”大司村的人这样答：“哪家不会有难处呢？你们给我们带了好多泥鳅，那时的泥鳅真好吃啊！”

恨与痛

一

我所得到的第一支钢笔是小舅给我买的。小舅是裁缝，他家虽然和我外婆家不在一个公社，但外婆那个公社的人都知道他的手艺不错，人也不错，便争相请他做衣服。一个夏日的傍晚，他和小姨娘到了外婆家，一见我，小姨娘就从口袋里掏出一支钢笔，对我说，人家付了小舅的工钱，小舅给你买了一支钢笔。说完，还从小舅的工具袋里拿出一瓶墨水。

小舅是我外公的小外甥，和我小姨娘是姑表亲，我本该叫他表舅，但在他和小姨娘结婚之前，外婆一直让我叫他小舅，叫他的哥哥大舅。外婆娘家也有个侄儿，她也让我叫舅舅。这么一算，我有好几个舅舅，但都不是我真正的舅舅，我的亲舅舅——外婆的儿子——早就饿死了。

小舅和小姨娘结婚后，我没有改口叫他小姨父，仍叫他小舅，直到现在还是这么叫，我的哥哥、弟弟、妹妹也是这么叫。在我们渴望有位舅舅的幼年时代，他确实像舅舅那样呵护过我们。

小舅年轻时脾气很暴躁，他的母亲、我的姑奶奶数落他，他会梗着脖子反驳，但我外婆对他唠叨，他从不会言语，总是垂头听着。

小舅知道我想要支钢笔，就买来了。

钢笔是“新农村”牌的，黑颜色，笔帽老大的，八毛一分钱。其时我才二年级，还不到用钢笔的时候，但我看到念高年级的小马他们有钢笔，心里就有些痒，便在外婆跟前嘀咕，外婆端着饭碗到了屋前的司有春老师家，问要不要给我买支钢笔，司老师说，不需要买的，到了三年级才需要。我听了外婆的转述，心里很气，嚷着不在她家待了，要回自己家，边说便往村口的那条路上跑。外婆端着碗，跟在我身后追，追上后，把我拖回家，后来她把我因钢笔发飙的事又跟小姨娘说了，小姨娘转过头对我说，你不能惹家婆生气的，想要什么我让小舅给你买。没过几天，小舅果然给我买了。

我拿到钢笔，迫不及待地吸了一笔管子墨水，在纸上写字、画画。我还烧包，用钢笔写了作业，结果第二天就被司老师骂了一顿。虽然被骂了，但让别人知道我有钢笔，心里还是有些得意的。

那天下午正好不上课，我便跟着司家国到田里放牛。出门前，我又把笔管吸满了墨水，然后把笔挂在前胸的背心口上。我骑在牛背上，不时低头看着胸口前的钢笔，笔帽上的白色挂钩在阳光下面发着光，十分耀眼，这让我兴奋不已，我狠抽牛的屁股，让牛飞奔。

牛跑了一会，开始吃草，它慢慢地啃着，嚼着。我坐在牛背上，掏出钢笔，在手心上写字，在大腿上写字，笔尖划过皮肤，痒痒的，酥酥的，好舒服。

天色渐暗，牛的肚子也鼓了起来，我们把牛往回赶。挺着大肚子的牛晃晃悠悠，晃晃悠悠。等牛驮着我们晃到生产队的牛棚时，天已开始黑了，我们把它们拴好，走到家，天已经完全黑了。

昏黄的煤油灯下，外婆正在煮晚饭，她也是从地里回来不久。她在忙活的时候，我想到了要给钢笔吸水，可当手从背心口上拔出钢笔帽时，我傻了——钢笔的下半身不见了，只剩下光秃秃的一个钢笔帽！

我知道这件事绝对不能让外婆知道，她平时真是一分钱都舍不得用，而这支钢笔是八十一分钱！

忐忑不安地睡了一夜，第二天上午，待外婆下地，我先到牛棚门口找了一遍，然后在给牛吃的稻草里翻了一遍，又顺着头天赶牛的那条线路，在田埂下、池塘边、草地上找了个遍，找来找去，我那只心爱的钢笔的下半身却始终没有露面。

太阳越来越烈，我只好往家走，耷拉着头，像那支和我待了不到两天的新钢笔一样，没了“魂”。

接连好几天，我一直提心吊胆。一天晚上，外婆突然问我："强子，怎么没看到你用钢笔写字？钢笔掉了？"我当然说"没掉"，为了证明没掉，我还拿出套子，捏在手心，说，钢笔不在这里吗？

外婆以为钢笔的下半身在我的手心里，她根本没想到，我手里握的是空气。

二

外婆到底还是知道我把钢笔最重要的一截弄丢了。她原本就爱唠叨，那几天就唠叨得更厉害了，翻来覆去说的大意是，那么好的一个东西就弄掉了，真是不晓得柴米贵。

她虽然嘴巴说个不停，但从不会对我动手。我也愧疚得很，一大早就会起床，去菜地边拎水，浇辣椒、浇茄子、浇南瓜、浇冬瓜，还去田埂上割猪草——我虽然不知道"将功补过"这个词，但已开始知道做这样的事。

外婆后来还是给了我一块钱，让我去公社的代销店买新钢笔。货架上有本子、铅笔、橡皮，也有钢笔，各式各样、各种颜色的钢笔排在那里，我指着那种"新农村"牌的，说，就买这支。售货员递过笔和零钱时，告诉我，新钢笔的尖和"鳃"有油，回家后要洗一下，吸点温水，然后挤干净，这样下水就快。回家后我就这样做了，以后每次拿到新钢笔也都这样做。

小舅给我买的墨水还有大半瓶。我洗好钢笔，就赶紧吸了墨水，在纸上乱写乱画。外婆看着我"写字"，很高兴，以为我在念书、做作业呢。

外婆已从我的身上知道识字的好处。她每天上工，傍晚时，生产队的会计就会在她的工分本上记一笔，比如“插秧一天”“割稻一天”“锄地一天”，要是从山上往村子里挑树枝，还会记下每次挑的重量。她每晚都会拿出工分本，让我念给她听，生怕某一笔被会计记错或记漏了。年终分红，她会让我把几百天的工分一笔一笔报给她听，她一笔笔地口算，算出来的工分值和会计算出来的不差分厘。我后来学会了打算盘，外婆先让我打一遍，然后她再口头算一遍，要是两个数字对不上，我们就再打、再算，要是一样的，她就会夸我：“嗯，书没念到狗肚里去。”

书虽然没念到狗肚里去，但外婆给我买的那支“新农村”不久又丢了。我也不知道是在家里丢的，还是在学校丢的。总之，它又丢了。找来找去都找不到的时候，我就开动脑筋，想到小舅给我买的那只钢笔的帽子还在，可以“废物利用”。接连几个傍晚，我都会飞奔到六三子家里，看他做完作业，把他的钢笔借来，等外婆快回家时，开始做作业，我的手紧紧捏着钢笔的下半身，那只“新农村”牌钢笔的帽子故意放在很显眼的位置，让外婆一眼就能看得到。有时作业都做完了，外婆还没回来，我就只好慢慢等，等她回到家，假装再写几个字，只是想向她表明“钢笔没丢”。

但外婆终于还是发现了事情的真相。一天晚饭之后，她举着钢笔帽问我：“还有一截呢？”

我知道瞒不过去了，只好不做声。外婆叹了一口气，转过身去。

但她不会不给我买钢笔的。

第三支钢笔还是“新农村”牌的。这支钢笔的寿命更短。我买回来后，放在吃饭的桌子上，去水塘边淘米，回来时，发现钢笔不见了。肯定是被谁偷走了，我出门时，只是将门掩着，并没有锁上，能怪谁呢？外婆回来时问我有没有买钢笔，我只好回答说没买。接连几天，我都说没买。后来发现小马的钢笔也是“新农村”的，便跟他商量，让他把钢笔借给我，我拿着那支钢笔，跟外婆说，这是我新买的钢笔……

但终究还是暴露了。外婆说：“气死我了，你丢了多少钢笔？哪有放牛的把牛丢了？”

外婆那几天一直在唠叨。我不敢像平时那样和她顶嘴。我知道外婆心疼。她上一天工，也不过得几毛钱，这一支笔就是她几天的工钱呢。

钢笔终究还是要买的，只是买了又丢了。那几年我反复丢钢笔，外婆在我跟前嘀咕了一句：“肯定是 ×× 偷的。”外婆说的话我信。我清晰地记得好几只钢笔都是在家里丢的，×× 离我家近，而且她偷过别人家的东西，手脚不“稳”，名声不好，除了她，别人是不会上门偷东西的。

再后来，我出门时学会了锁门，锁门前，还把钢笔藏到房间拐角的一个洞里。

三

真是“不怕贼偷，就怕贼惦记”。我虽然百密，但总有一疏，钢笔还是接着掉。外婆的警惕性越来越高，她常常在我睡着后，打开我的书包，查看钢笔在不在。她得知真相的时间越来越短。我读小学五年级的时候，她给了我一块八毛钱，让我去买一支一块七毛八分钱的钢笔。那是一种很秀气的钢笔，帽子是银灰色的，下半截是棕灰色的，我在公社的代销店里看过好多次，太好看了。没想到我跟外婆提出来之后，她居然给了我那么多钱。

我把钱放在书包里。下午放学后，直奔学校不远处的公社代销店。可等我到了那里，书包翻遍了，也没找到钱！

晚上回家，我跟外婆说，钢笔没买，过几天再买。外婆居然信了。她睡觉后，我在煤油灯下，用铅笔写了一封信，给我的父母，告诉他们我的钢笔丢了，请他们赶紧寄点钱来。

第二天，我发现六三子有那种钢笔。傍晚的时候，我把他的钢笔借来了，并跟外婆说，这是我买来的新钢笔。外婆也没怀疑。第二天早上上学时，我把笔还给了六三子。随后的每天，我都如法炮制。大概挨过了十来天，母亲来了，她悄悄地塞给我两块钱，我终于买了那支有银灰色帽子的钢笔。

母亲后来提起过她送钱给我买钢笔的事，眼眶湿湿的，她以为外婆太小气，让我受了委屈，她不知道我丢了那么多钢笔。

四

那支漂亮的钢笔到底是我不小心丢的，还是被 ×× 偷走的，我也说不清。总之，它又不见了。

我经常丢钢笔的事，不光村子里的小孩知道，大人们也知道；不光我母亲知道，小舅、小姨娘也知道，他们也曾避着我外婆，偷偷给我买过几次；后来，其他亲戚也知道了。

有一次，外婆的一个小名叫“老虎”的姨侄来了，他在含山县灯泡厂上班，外婆让我叫他“三表爷”。三表爷来看我外婆，带了糕，还有白糖。他看着墙上一溜子我得来的奖状，夸我不错，又看着大门上快褪色的对联，问我外婆：“这字是强子写的？”外婆说是的，但随后又补了一句：“这伢子念书还不错，就是不长心，钢笔不晓得掉了好多。”

三表爷朝我笑笑，说，还算争气，没给你家婆丢脸。他一边夸我，一边从中山装的口袋里拔出一支钢笔，递给我说：“这是厂里发给我的奖品，送给你，好好念书。”外婆在边上说，不要给他，那么好的钢笔到他手上就会掉。但三表爷还是给我了。

我那天真是高兴坏了。那是一支我从来没有见过的钢笔，全身都是银色的，通体发亮，笔尖不粗不细。我在一张信纸上一口气默写了毛主席的《念奴娇·鸟儿问答》，感觉自己的字写得真是漂亮。

那支笔我放在家里，只是在外婆让我给父母写信时才用一下。一次期末考试我想带去用，外婆没让，我和她又怄了一次气。

我终究还是很烧包的，在家里写作业时，偷偷拿出来用过几次。我没想到隔墙不仅有耳，而且有眼。

我确信，那只钢笔是被一个女孩偷走的。

五

那女孩不仅偷过我很多钢笔，还偷过我外婆家的鸡蛋、山芋。我上高中时，母亲给我买了一套运动衫，我从学校走到外婆家，走了十几里路，很热，就脱了下来，外婆不在家，我去田里找她，却犯了个致命的错误，顺手把那套新衣放在门口的挂钩上，回来时，衣服不见了。那套运动衫是六块钱买来的。外婆晚上坐在灶膛口烧饭时，没有怪我，而是不停地骂，她笃信是那个女孩拿走的。外婆说："这家人心太毒了，饿饭的时候，她的爹爹（方言，爷爷）把我们家的鸡偷走了，半夜炖着吃。我们家就那一只鸡，他要是不偷，你家公和大舅也不会饿死。"

偷走了那只鸡，就夺走了我外公和大舅两条命，这话当然有些夸张，但外婆心中的恨和痛却是真真切切的。而我当时因钢笔被偷而生的恨和痛也绵延了很久。

这是我对大司村曾经唯一的恨，也是我在那里经历的唯一的痛。外婆和我要是冤枉了那女孩，那真是对不起了；那女孩当初要真是拿了我的钢笔，我也不记恨她了，因为那痛早就散了。

一九七八年的第一场霜

那天我醒得很早，从床上爬起来时，外婆把那件新白衬衫递了过来，说，别弄脏了，白衣裳搞脏了，不好洗。我回了一句“晓得”，然后迫不及待地脱去身上的背心，把新衣服套在身上。

那是一件比白纸还白，比月光还薄的衬衫，的确良的。

“的确良”是若干年后我才会写的三个字。此前我听别人说过很多遍这个词，始终不明白它是什么样的一种布料，但我能想象到它一定很贵很稀罕。我的小学老师司有春那一年去大学报到时，穿的就是一件的确良白衬衫，他的两只袖子和前襟的两边共有四条缝，像用尺子画出来的那么直，他胸前的口袋里挂着一支钢笔，笔夹和笔帽像新衣服一样晃眼。外婆端着饭碗，站在边上看他收拾行李，问了一句：“有春，你这衣裳是什么料子的啊？好赞！”司老师说了一句：“的确良的。等强子考了第一名，你就给他买一件。”

这话像风一样从我耳边刮走了。在我心里，考第一名并不是难事，但让外婆买这样一件衣服太难了！

但我没想到外婆很快就买回了一段白色的确良布料。

那是我刚进初中不久，全公社举行了一次作文比赛，我得了第一名，学校发了一张奖状，还有一个蓝皮笔记本。晚上我把奖状放在桌子上的时候，外婆问我：“这是什么奖状？你得了第几名？”我说：“第一名。”她淡淡地笑了，然后从锅里捞出一些米汤，把那张奖状“贴”在墙上。

第二天一大早，外婆就起床了，也把我叫了起来，让我跟她上街，说要给我买一段的确良布料做衬衫。听了外婆的话，我先是喜，后是惊：一件的确良衣服要多少钱？她哪来的钱？在我迷惑的时候，外婆已开始把墙角的稻子往稻箩里扒。两只稻箩扒得大半满的时候，她拿出扁担，担在肩上试了试，带我出了门。

门外有些冷。门口的草垛上有一层薄薄的霜。巷口的石板路上也落着霜，泛着亮亮的光，脚踩在上面，有些滑。走出村口的时候，天还没太亮。田埂上的草尖也披着一层白白的霜。

那是一九七八年的第一场霜。

田野里，薄薄的雾在风的吹送下，飘浮着。走过一截长长的田埂，翻过一个高坡，穿过一个长满杂树的洼地。外婆的脚步越来越慢，脸上滚动着汗珠，头顶冒着热气，喘气声也越来越重。两只稻箩在她瘦小的身体边晃荡着。我看着她走不成一条直线的样子，听着她的脚踩在草上、霜上发出滋滋的声响，总是不由自主地要伸出手来，生怕她的脚底打滑，生怕她摔倒，生怕那些稻子落进水田里、草丛里。

我们一路走走，歇歇，也不知歇了多少回。十来里的山路，走到将近中午。外婆把那担稻子挑进粮站时，衣服已经湿透，粮站的人正准备锁门下班，但他们看着我外婆辛苦的样子，就把锁搁在柜台上，麻利地验着稻子，过秤，结账。

外婆接过钱，疲劳也消了大半，她领着我找到一家裁缝店，让一位师傅给我量了尺寸，又领着我去了商店。进了门，外婆从一排布料这边看到那边，售货员走过来问她要啥，她说："扯一块的确良布，要白颜色的。"

那真是一段比白纸还白，比月光还薄的布料啊！

这件白衬衫我不记得穿了多少年，但清晰记得它是我穿过的第一件白衬衫——的确良的。

去蒋村

晚饭后，小舅（其实是我的小姨父）要带我去蒋村玩，外婆正在洗碗，她知道他去“玩”啥，只说了一句，早点回来，你明天还要到别人家做生活。小舅“嗯”了一声。他很听外婆的话，外婆说什么，他都唯唯诺诺地听，小心翼翼地做。

小舅拿起一把尺子，别在腰间，领我出门了。

那是一把用竹子做成的扁尺，上了桐油，被手一次又一次摩挲过，亮光光的。小舅是裁缝。有一次，小舅在外婆家的门边帮人家做衣服，我在旁边捣乱，惹恼了他，他顺手用尺子在我的脸上抽了一下，我的牙龈立马肿了起来，我抢过他手中的尺子，放在膝盖上，双手一使劲，尺子咔嘣一声断了。他呼的一下站起来，“你你你……”他气得说不出来话，我在地上捡起一块石头，朝他吼道：“你再敢打我，我就把你的机子（缝纫机）砸了！”

傍晚外婆从地里回来，看到我腮帮上的包，问缘由，我说是小舅打的，她把肩上的锄头往地上一抛，怒气冲冲地问：“你怎么打他？”小舅看着外婆的样子，也吓傻了，结结巴巴地说：“他……他把我的尺子折断了。”

外婆又望着我，数落我怎么能把尺子折断。我的理由是：谁叫他打我？

小舅只得做了把新尺子，他那天晚上别在腰间的就是那把新尺子。

我后来才知道，木匠心中分量最重的工具是斧头，他们晚上在东家收摊时，其他工具都会留下，但斧子是要随身带走的；做裁缝的，至少有两种尺子，一种是塑料做的“皮尺”，还有一种就是竹子做的尺（也有少数是木片做的），后者才是裁缝的“命根子”，像木匠的斧头一样必须随身带。这里面的道道没人说破，但手艺人都拿它们当规矩，不会违反的。我在心里嘀咕过：木匠的斧头锋利，遇到歹人或者野兽，可以防身，但裁缝的一把竹尺子能做啥呢？抽人嘴巴吗？想来想去，觉得那些工具肯定有什么镇邪之类的魔力。

我和小舅出了门，上了一条坝埂，然后上了一道山岗。要是和外婆晚上走那条山路，我肯定害怕，那边上的坟包一个挨着一个，白天看着头皮都有点发麻，但我跟小舅一道，就轻松多了，他是男人，而且年轻，我对年轻的男人是很崇拜的，认为他们力大无边，身上火气（阳气）又旺，而这天晚上小舅的裤腰带上还别着一把尺子，鬼魂们自然会躲得远远的。

蒋村在山岗的背面，村口有一片松树林。我们顺着一条窄窄的田埂，走到了一户亮着灯的人家。好几盏煤油灯放在一张八仙桌上，几十个人围在边上，有人坐在那里，有人伸着脖子站着，木盒子磕在桌子上啪啪作响，人群中大呼小叫的声音，有兴奋，也有叹息。

不用问，也不用看，我就知道他们正在赌的是“宝”。这种赌博方式我只在皖东那地方见过。这是一种数字博弈，“1、2、3、4”四个数字，庄家每次放一个刻有类似麻将中的“一、二、三、四”筒的木块在盒子里，押对了的按照三倍的赌注赔付，东家从中抽头，庄家坐的那一方代表数字“1”，猜“1”的就把注下在那一方，然后按照顺时针，每一方依次代表数字“2”“3”“4”。做庄家的一般都是好几个人合伙，有人负责“出宝”，有人负责看庄。“出宝”的那位雕塑般地背对着桌子，坐在黑暗的角落里，以防被别人读出表情，泄露天机。他的腿上通常会铺着一块厚厚的布，几块小木板藏在下面，他依据手感，每次把一木块塞进盒子里，然后小心地托着，交到看庄的人手里。出宝的人和押宝的人不光斗智力，也斗心理，斗性格。有的出宝人很犟或者说内心很强大，会连续出同一个数字，押宝的也有很犟的，会连续猜同一个数字，而且下的注会渐次增加，因为是三倍的赔付，只要有一次猜对，就会捞回大半本钱。

赌宝是讲究礼数的，比如庄家在开局时，不会摆出“2”这个数字。那个二筒形状的数字，黑色的，不喜庆，两个圆圆的点叠加在一起，又形似人的眼睛，也不客气。“3”这个数字也很少首次登场，因为“三筒”也染成了黑色。剩下的两个数字“1”和“4”都是红颜色，喜庆、吉祥，出宝的人大凡都会在这两个数字里面挑一个。二猜一，猜中的几率就要大得多，下注的人要是贪婪，出手狠，获利的机会很大，但很少有人见利忘义。一般来说，开局的那次博弈相当默契，庄家会把象征喜庆、吉祥的数字放上来，而下注的只会象征性地丢点零钱，双方颇有武林高手交手前的那种仗义和互敬。

小舅给蒋村做过手艺，一些熟人跟他打招呼，小舅朝他们点头、微笑，跟他们寒暄，给他们递烟，而后默默地站在旁边看，揣摩出宝人的性格和思路。看了一会，他从口袋里摸出钱来，递给一个靠近桌子的人，让他帮着下注。很快，装着木块的盒子被推到桌子上，看庄的人朝散落在桌子上的几十份赌注扫一眼，心里就差不多有个底了，他看着哪一方的赌注相对比较轻，就会大声地吆喝那个数字。要是从宝盒子里正好拍出那个数字，他旁边的几个合伙人会眼疾手快地收取其他三方下的赌注，看庄的人心情自然大好起来，他大声地唱着“赔注歌”，给押中的那一方赔付。遇到这样盈利的时刻，看庄的人还会自行做主，给出宝的人一点“喜钱”，出宝的人随手揣进口袋，又专注地坐在幽暗里。

小舅大概赢了一块多钱。他从别人手中接过钱，就领着我到了一边，朝坐在门边上兜售零食的老奶奶买了两个五香蛋，递给我。我剥了壳，慢慢地吃。五香蛋只有到了过年，外婆才会做一点。我没想到，赌博场上竟然还有这么好吃的东西卖。

我吃蛋的时候，小舅走到厨房里，给我倒来一碗热水。旁边的一位老人问我小舅：这伢子哪家的？小舅答道：我丈母的外孙子。那老人“哦”了一声，说：你丈母是好人，也是可怜人。我心中有点气——凭什么说我外婆是可怜人？你才是可怜人呢！

我喝完了水，把碗送进厨房里。过了一会，小舅又像先前那样站在桌子边看，然后又托人下注。这次他又猜中了。他笑眯眯地领着我，走到门口的那位老人跟前，买了两包花生米递给我，是作业本子的纸包着的，叠得像一只小船。我小心地拆开，捏着一粒塞进嘴里，真香！

小舅领着我出了门。我们顺着田埂上的小路往回走。薄饼似的月亮挂在天上，几条狗像比赛般地在村头对叫着。我把花生米往嘴里塞，吃一粒，停一会，快走上山岗时，吃完了最后一粒。那一包花生米不多不少，正好十粒。估计另一包也该是十粒，虽然还想吃，但忍住了，我要把它带回去，给外婆吃。

走到山坡上的那片坟堆附近，心里忽然生出害怕。听外婆说过，走夜路的时候，身上要是揣着香甜的东西，会招惹饿死鬼。一想到饿死鬼，我就想到外公和大舅，他们都是饿死的，但我并不怕他们，而是怕其他的饿死鬼，我用手紧紧捂着那包花生米，好让香气裹在我的手心里，散不出来。

回到家门口，小舅轻轻推开虚掩的门，我拿出那包花生米，外面的那层纸差不多被我握穿了，我重新找了一张纸包了一下，然后放在桌子上，等第二天外婆起床后我要告诉她，那是小舅买给她吃的。

高中生活

一九八〇年夏天，我考上了含山县陶厂中学。去这所中学，必须要翻过一座高山，山上有的地方光秃秃的，有的地方杂树丛生，厚重、浓密，传说藏着狼之类的凶猛动物，外婆生怕我被狼吃掉，求了一个又一个人，终于把我转到了林头中学。

林头中学坐落在小镇上，当时正在建设中。作为过渡，学校盖了一溜子临时教室，红砖砌的墙，顶上铺的是稻草，比现在的一些工棚还要简陋，但同学们并没有埋怨，都是农村来的，对落后的环境有种与生俱来的忍耐和顺从。

班上数我和张荣贵最小。荣贵长得清秀，戴副眼镜，头上老是痒，上课时抓，下课时也抓，桌子上尽是他的头皮屑。我和他同桌，烦死他了，有一次骂他脏，他气得抓起我的钢笔狠狠砸到地上。

我是跟班主任住的，他叫司有春，是大司村的，高考恢复的那一年考上了师专，两年后分到林头中学，正好教高一语文。外婆把我转到这所中学，也是想拜托他照顾一下我。他的房间并不大，加了我的一张床和一张桌子，就更没什么空间了。我的“床”其实并不是真正的床，竹片做的“床面”，没有腿，外婆和我在学校的工地上搬来一些红色的砖，搭了两个架子，就成了床腿。有一次夜里，砖头突然倒了，我连人带“床”轰隆一声砸在地上，司老师被惊醒了，他拉亮电灯，和我把砖头一块一块捡起来，折腾一个多小时，总算将“床”又搭了起来。

住在隔壁的是数学老师，姓万，会武功，常常在门口的空地上闪转腾挪，练给其他老师们看。他当时三十多岁，刚刚结婚，老婆是杂技团的演员，会劈叉，人也长得漂亮，比万老师高不少。他们家养了鸡，鸡笼口挨着地面，天要黑的时候，万师母会先摆一个势子，然后像一张弓一样骤然展开，双腿骑在地上，头伸向鸡笼里面，确认鸡都回家了，才蹭地收了“弓”。

司老师当时也是三十好几，离了婚。一年多以后，有人给他在县城介绍了一个对象，周末的时候他就到县城去，每次都会换上他的蓝色涤卡上装，回来时又脱下，再换上另外一件洗得发白、袖口早已炸线的蓝色褂子。他基本上每个周末都要从林头镇往县城跑，回来后又要备课、改两个班级的作业。他有时坐在床上看书，不一会，就会发出鼾声。他那时实在是太累。司老师会拉二胡，拉得也好听。我后来在众多乐器中，喜欢上了二胡，与司老师是有很大关系的。

万老师个子不高，性子直、脾气大，但他只是对万师母发脾气，对学生很少发火。他那时对数学成绩好的学生特别喜欢，我恰恰是数学不开窍的人。但他从来没有批评过我，也没表扬过我。万师母有时会转到司老师的宿舍玩，看到我每天趴在桌子上埋头看书、学习，她在旁边站一会，就会悄悄地走开。她有时烧了好菜，还会端过来用筷子拨一点给我，但我总会端着碗跑开，倒不是自尊心强，而是不好意思。

教我们历史的是李老师，七十岁了，被学校聘来的，身体很棒，每天早上都和他的老伴在校园里跑步，下雨时就在走廊上跑，我猜想就是天上下刀子，他老人家也会坚持跑步的。他会说英语，经常跟我们说，他们一家人在一起的时候都是用英语交谈。我好几次躲在他家院墙外面偷听，大概是运气不好的缘故吧，一次也没听到过他们家传出英语声。老头子把《史记》读烂了，讲到刘邦、项羽争霸时，滔滔不绝，嘴丫边上尽是白沫，说了一堂课，也没把范增和项羽他娘到底有没有私情这件事说完，下课铃响的时候，他丢下一句："下堂课我们接着讲。"

教英语的是历史老师最小的女儿，二十来岁，小巧玲珑的，平时不大说话，她参加过高考，没考取，但英语成绩很好，学校缺少英语老师，她就被请来做我们的老师了。我们初中时都没学过英语，她算是我们的英语启蒙老师。当时高考英语按30%~50%折算进总分，班上的很多同学都不大重视。我算是班上为数不多的英语好的人之一，几乎每堂课都要被她抽查背课文，所以每天早上我都会背英语，上课之前又突击一下，抽查时我都能顺利过关。我后来上了英文专业，她的影响肯定是有的。

教政治的老师是部队转业的，姓周，很认真的老师，每次上课都写好几黑板的字。高年级的同学都说他教得好，但我好像头脑不大灵光，到高考时也没弄懂事物的特殊性和普遍性到底有什么区别。

除了数学，我最怕的就是地理了。老师是个女的，和我外婆沾点亲，我对她还是比较了解的。她小学毕业后被推荐上大学，老公在外地。她身体不太好，上课时不是靠在墙上就是手撑着讲台、脚抵着墙。她说话也是软绵绵的，我坐在前排，看着她，老是担心她随时会晕倒。

高二的时候，司老师结婚了，我搬出了他的房间，住进了集体宿舍。也是砖头搭的床，两三个人挤在一起，大家都不怎么洗脚，更少洗澡，宿舍里臭烘烘的。晚上，寝室里熄了灯，就有人大声议论班上的女生，长得黑的被称作“黑蛋”，年龄最大的被命名为“二十岁”。班上一位同学最迷恋“二十岁”，每晚总会提到她，白天进教室的时候，他会故意在教室门口停一下，眼睛瞟向她。“二十岁”后来好像有所察觉，见到那位同学时，脸上就会飞起两道红霞。

高二下学期的时候离预考就近了。班上只有十二个名额，被淘汰的同学就不能参加高考，同学之间都相互提防着。为了不让别人看出我特别用功，我搬进了学校后面山坡上的一间空房子，是一个村子的废弃仓库，同学王传朝已在那里住了好几个月。房间很大，没有窗户，四周有好多坟墓，夜里大风拍打着门，哗哗啦啦的，我怎么也睡不着，尿胀急了，也不敢出去撒。但王传朝似乎一点也不害怕，他睡得很香，呼噜一声接着一声。因为脸上堆满粉刺，他羞于见人，回家背米时总会选择深夜，跟夜半的火车去，再跟凌晨的火车回，像一个“夜行大盗”。我不常回家，就吃传朝“盗”来的米。没什么菜，天黑的时候，就和他从山坡上的菜地里偷，白菜、大蒜什么的，洗净，再放些盐，第二天炒着吃，因为没有一滴油，干巴巴的，吃在嘴里像草一样。

预考中，张荣贵考了第一名，我考了第二名，王传朝没进入前十二名，卷着铺盖回家了。仓库里只剩我一个人。晚上想着外面的坟墓，听着四处呼啦啦的声音，根本不敢看书。过了几天，我实在憋不住，就把张荣贵邀来同住了。

两个月之后，我们到县城参加高考。看着别校考生踌躇满志，心里就有些发虚。我们的历史、地理还没复习完，我心里一点底也没有。稀里糊涂地，三天就过去了。

成绩揭晓的时候，我再次来到了县城。我们班上十二名同学，张荣贵排第一，刚达中专线，我排第二，比中专录取线低十几分。我在教育局门口碰到同学姚雪峰，他比我还少十几分，但他说全班只有他的历史及格了，六十三分，能看出来，他的心情并不差。

那一年，我们班上没有一个人考取大学，但大家也没什么说法，因为学校前几届文科班都是“剃光头”，我们中谁要是考得上，那是运气好，是祖坟冒青烟，考不上是再正常不过的事，谁也不会奇怪。

第三辑

模糊的面孔

菊英

四十年多前的那个黄昏，当我跟着父亲翻过一道山岗时，红彤彤的太阳正在朝西边的山脚下坠。父亲指着那座披着红光的村庄说，外婆家就在那里。

我有些激动，又对父亲的话心存狐疑。离开家的时候，天才麻麻亮，晨露打着我的脚背，我走过一条又一条田埂，路过一个又一个池塘，脚底已经起了很多泡，父亲总是说快到了快到了，可太阳都要落山了，还没到。我赖着不走，甚至还转过身，嚷着要回家去。

那一年我五岁。那一天我走了四五十里路，还翻了一座山，叫“西塔”。

那座村庄确实是外婆家所在的村庄——大司村。我和父亲的身影刚出现在山岗上时，就有一群孩子跑过来，其中就有菊英。她扎着两根小辫子，跑起来时，像两只小手在空中划拉着。

菊英对我父亲叫了一声“姐夫”（她其实比我父亲还高一个辈分），然后指着我说，她要带我玩，让我父亲先去我外婆家。

菊英牵来她的那头牛，按下牛角，托着我的屁股，让我爬上牛背。她牵着牛，领着我往村庄走。我的腿好像不在我的身上了，坐在牛背上，简直就像躺在床上，太舒服了。

到了水库边，菊英把牛绳交给我，转身朝山地那边跑去，回来时手里拿着两只黄澄澄的甜瓜（那里的人把它们叫作香瓜），然后伏在水边，把瓜洗了一遍。她怎么那么聪明呢？我当时确实是又渴又饿。

第二天，父亲走了，我像一件物品被留在了大司村。我知道不能回家了，心里充满恐惧。有好几次，我和外婆赌气，往屋后的一个巷口跑，说是要回家去，可是，又不敢跑远，就躲在竹林里。不一会，菊英来了，探头探脑的。我知道她在找我。气慢慢消了，但我不好意思自己走出来，就假装咳嗽，好让菊英发现。

菊英家在巷口，外婆家在巷尾。小巷有二三十米长。起先，外婆怕我玩水，干活时就把我带到田间去，在树下立把伞，让我坐在下面。后来菊英的妈妈看到了，就让菊英带着我，她走到哪，我跟到哪。好几年都是这样。我跟着她学会了淘米、烧饭，还跟着她送饭、送水到田里去，给外婆吃，给外婆喝。夏天，她帮着我把竹床抬到田埂上，往上面浇水，再用抹布擦干，这样就更凉快些。我躺在竹床上，天上满是繁星，萤火虫在禾苗间飞来飞去，风从田野那边吹过来，有禾苗的清香气往鼻子里钻，不一会，就睡着了。有好几次，醒来时，发现菊英没睡，她坐在另一张凉床上打着蒲扇，正为我驱赶蚊虫呢。

最高兴的莫过于看电影。我早早地吃好晚饭，扔下碗，跟在菊英后面一路小跑，往邻村赶。虽然周围差不多都是不熟悉的人，但我不害怕，因为有菊英在。我随着她在人群里钻来钻去，她到哪，我就到哪。电影放完了，她又拉着我的手，从人堆里挤出来，追上同村的人，往回赶。每一次，她都把我送到家门口，等我外婆开了门才离开。

外婆家屋后的小巷通往一片山坡，我最怕那黑魆魆的巷道里会窜出一条绿眼睛的狼。外婆开了门之后，我立马闩上门，然后听着菊英的鞋啪嗒啪嗒打在石板上，慢慢地轻了，没了。我就想，她为什么不怕狼呢?

有一次，我在山上放牛，和几个人跑到一个池塘里洗澡。突然下起了大雨。其他几个人骑上牛背，狠抽牛的屁股，朝村庄奔去，可是我的牛却不见了。大雨滂沱，山坳像被一只锅盖着，黑压压的，我吓坏了，流着泪，往村子里跑。我首先想到的是菊英。跑到她家的时候，她正在烧晚饭，听我一说，赶紧闭了火，领着我在山里四处找，终于在天黑前把牛找了回来。

那时我老是想，菊英要是不比我大好几岁该多好，她要是不比我高两个辈分多好。我初中毕业那年，听说她和她姐姐村里的一个小伙子好上了，虽然我没见过那小伙子，但我坚信他长得很丑，配不上菊英，后来她的父母始终不松口，菊英和他没好成，我在心里很是高兴了一阵子。

十八岁的时候，我离开了大司村，再也没有回去过，因为后来外婆被我的父母接到了我的老家——大庄村，几年后在那里去世。我听说菊英嫁给了同村的一个小伙子，那人我很熟悉，是个高中毕业生，他虽然弟兄多，家里穷，但人好，勤劳，比其他人有文化。我在心里说，嗯，这还不错。

消夏图

童年牧笛

司有虎

司有虎是“有”字辈，比我外婆还高一辈，算是我的曾祖辈。他的儿子都和我们差不多大了，他还经常跟我们一帮小孩玩，一点也没长辈的样子。

司有虎家住在村子的最西头，外婆家靠近东头，中间隔着两百来米。他家门口有块很大的空地，有一个篮球场那么大，地面光滑滑的，是滚铁圈的好地方。我们每次滚铁圈，都会从家里一路滚到他家门口，然后在那开始比赛。我们还在他家门口架起一张桌子，打乒乓球，他跑过来抢我们的球拍，强迫我们和他比赛，谁输了谁下台。我们当然不是他的对手，走马灯似的成了他的陪练，急得猫挠心似的，但他就是不依不饶，不肯下台。我们都气呼呼地小声骂。

司有虎壮壮实实的。他的父亲精瘦精瘦的，看上去有点怪。老人家很少和其他人说话，我们在他家门口疯玩，他几乎没看过我们一眼，似乎我们根本就不存在。我们私下议论：他是不是国民党派来的特务？

说他是“特务”，不光是因为他的沉默寡言，还因为他的种种怪异。村中的老人都说司有虎的父亲有武功，常常独自在他家后院里耍大刀、举杠铃，而且一个人能打倒四五个小青年。不知道老人们说的话有没有水分。他父亲那时六七十岁吧，像他这样的年纪，身体又这么好的老人一般都会下地干点农活，比如除草或给菜地浇水，但他从来没有，他只是在家烧烧饭，带带小孙子，干着很清闲的活。

下午四五点钟，家家户户准备煮晚饭了，司有虎的父亲基本上都会在那个时间点去村口的水塘淘米。他有个标志性的动作：一手提着筲箕，一手倒提着一个小孩——他的小孙子，三四岁的样子。因为怕他独自在家有危险，老人每次出门总会带着这个小孙子，不是搀着他的小手，也不是提着他的衣服或者胳膊，而是拎着他的两条腿，像倒拎着一只鸡或者一挂肉。他家离塘口少说也有四五百米吧，小孩至少也有三四十斤，他不歇手，一口气拎过去。那小孩就可怜了，一开始头朝地脚朝天，小脸憋得通红，哭声一顿一顿的，到了塘口像陀螺一样被放在地上，转了好几圈之后，才会立得住。村里人都看不下去，指着老头子的脊背骂他狠心，但司有虎的父亲像没听见，依然如故。奇妙的是，被倒拎一段时间之后，小孩子大概习惯了，不再哭，他被放在地上的时候，纹丝不动，立马站成一棵笔挺的小树。

旁人问司有虎为什么不阻止他的父亲，他回答那样做是为他的儿子好，具体好在什么地方，他也说不清。不过司有虎可能也是被他父亲那么训练过的，力气很大，双手能把一个好几百斤的石磙子搬起来，村里最彪悍的年轻人也不敢惹他。但司有虎从没有依仗自己的力气欺负过别人。他很少跟村里的大人玩，村里的男人冬闲的时候聚在一起赌博，他也从来不参与。他家本来就住得偏，他要是不找别人玩，谁也不会找他。我们要不是看中他家门口那块平整的宝地，经常去滚铁环、打乒乓球，估计也不会对他有什么印象。

过年的时候，小孩子都拥到他家门口，将一摞一分、两分、五分的硬币码在一块砖头上，然后站在一米多外的一条线跟前，用手中的铜板瞄准那摞钱狠狠地砸，掉下砖头的钱就可以收入囊中。这是项技术活，不仅要凭眼力，还要合理用力，手臂长的人自然要讨巧些。有一次，司有虎看我们玩得起劲，也要掺和进来，我们傻呆呆地就同意了。轮到他时，他的胳膊明显要比我们长一大截，他边瞄准边大声吼："对着心窝子砸！对着心窝子砸……"他那块铜板果然击中了"心窝子"，一摞硬币四散开来，纷纷落到地上，他边捡边笑，还不时地朝我们挤眉弄眼，有自得，也有对我们的嘲讽。可怜我们就是不信邪，还要和他比，直到口袋里的硬币输完了，才悻悻地回家。

司家仁

司家仁和我外公同为“家”字辈，外婆让我叫他“家公”，村中其他“家”字辈的，我也叫“家公”（“外公”的意思），比我外公低一辈的男性，外婆就让我叫“舅舅”，别人要是不明就里，肯定会纳闷我怎么有那么多“家公”、那么多“舅舅”。其实，我从来没见过我的家公、舅舅，他们早就死了，用母亲的话说，“骨头都化成灰了”。

家仁比我母亲小十岁左右，他虽然比我母亲的辈分高，但一直叫我母亲“大姐”，外婆在世时，他也叫她“大姐”。他的父母啥时死的我不知道，我见到家仁的时候，他已做了很多年的孤儿。他家和我外婆家直线距离不过十来米，中间隔着一条窄巷子和一个菜园。菜园四周是用木栅栏围着的，防鸡鸭猪狗进去糟蹋。家仁在木栅栏上开了个口子，用树棍子扎成一个门。他从家里出来，走几步，推开木门，穿过菜园和巷道口，就到了我外婆家门口。

家仁的家只有孤零零的一间房，稻草顶，泥巴墙，里面摆放的东西一眼就看得清：一张床，一张桌子，一口装米的缸，一口灶，一只便桶，一条长板凳，一条小猴子板凳。他家的碗筷是不是一套我没留意，反正所有的东西差不多都是供一个人用的。也不奇怪，村中光蛋（方言，即光棍）的家基本上都是这样子。他平时很少待在家里，白天下地干活，晚上出去串门。我有时晚上躺在床上，没睡着，听到门口的巷子里有脚步声打在青石板上，再哒哒哒地往巷子那边传，就知道是家仁串门回来了。

家仁家的门老是锁着，我偶尔遇到他家大门洞开，也没兴趣去——家仁不识字，不会刮经（方言，即说故事），不像其他年轻人有趣，跟一个年长我近二十岁的光蛋玩什么呢？

印象最深的，是我虚七岁的那年冬天。村子里的人闲着没事，围在他家的桌子边赌牌九，有人坐在床上，有人坐在板凳上，更多的人站在那里，他们大呼小叫的声音传到我的耳朵里，我跑过去看热闹，在人缝里挤来挤去。家仁不知是讨厌我还是喜欢我，把嘴巴上叼着的香烟拿下来，对我扬了扬，说，吃不吃烟？我就接过来，放在嘴里，猛吸一口，没想到大声咳了起来，一发不可收，急得想哭，又哭不出来，眼泪和鼻涕横流着跑回家，在门口吐出一口带血的痰（大概是嗓子呛破了的缘故）。小姨娘当时正好从婆家回来了，看到我的狼狈样，问我怎么搞的，我就告诉她家仁给我吃烟的事，她二话没说，领着我到了家仁的家，大声质问他：“为什么要害我家小强子？”旁人也帮腔责怪家仁，家仁不停地跟我小姨娘赔礼，又从桌子上拿了一毛钱，递给我，对我小姨娘说：“先翠，你千万别跟胡大姐（我外婆）讲，她要晓得，肯定要跟我拼命。”小姨娘大概也怕把事情闹大，也就把我“吃烟”的事瞒过了外婆。

在村子里，光蛋们大抵都是“狠人”，他们“出门一把锁，进屋一盏灯”，来去无牵挂，拖儿带女的人家都会怵他们三分。家仁有些犟，时不时地会跟别人较劲，甚至打架。队长司有早不知是怕他还是要照顾他，就派了个看林场的活，但他死活不去，外婆就劝他：看林场就是睡大觉，多轻巧，旁人的眼睛都瞪绿了，抢都来不及，你还不去！家仁却摇摇头：胡大姐你不晓得，我年纪轻轻的看林场，旁人会笑话我的，我不想占那个便宜。

家仁也到我外婆家串门，有时是吃饭时端着饭碗来的，外婆就让他夹点菜吃，家仁总是一边往后退，一边说，我有菜我有菜。他的碗里其实没什么菜，他自己懒得种蔬菜，旁人家给他一点，他才能吃上一点。他有时会提着条丝网，在水塘、水库里捕点鱼，实在没有菜的时候，就烀几根山芋当饭吃。他虽然有些懒，但不像别的光蛋那样邋里邋遢的，身上的衣服还算干净，家里的东西摆放得也整齐。

一个冬天的下午，外婆到四五里路外的大队去碾米，天黑的时候还没有回来，我就拎着盏马灯，走出家门，准备在半道上等外婆，可心里还是有些害怕的。刚出村口，遇到家仁，他问我到哪去，我告诉他外婆碾米还没回来，他说，我带你去吧。他在前面走，我在后面跟，走到两里多外的一个塘口时，外婆正立在那里喘气。家仁接过我外婆的担子，大步流星地往村子里走。到了家门口，他放下担子，对我外婆说："胡大姐，我跟你讲过多少回了，你要有什么重活，就跟我打个招呼，我来帮你做。你这么大年纪，还有个外孙子跟着你，你要是闪了腰崴了腿，怎搞哟！"

外婆是不愿欠人情的人，过了一会，她从家里拿出两个鸡蛋送给家仁，算是感谢。家仁很快又送了回来，对我外婆说："大姐，我要你的东西，雷不打我啊？"

矮胯子

“矮胯子”这个名字我坚信是别人“送”的，做父母的谁会给自己的儿子起这样的名字？大司村里，大多数人家姓“司”，只有少数的几家是外姓，他家便是其中之一。我猜测他们家应该是从外地迁来的，受到排斥和挤兑也不奇怪。

当然，也不能光怪村民们小心眼。矮胯子家落在山坡上，似乎有意要与村里的其他人家拉开距离。他家有两个男主人——他父亲，还有他终生未娶的大伯伯。这两个男人很少说话，整天低着头，不知道在想什么。

矮胯子七八岁的时候，他大伯伯每天早上训练他举石锁（青石雕成的锁状举重器），立举，蹬举，仰卧举……每种举法都要练几十次。练完了，还要他拎着石锁往山上跑几里，再往回跑。十来岁的时候，我到矮胯子家玩过一次，看那把石锁在他手中上下腾挪，惊呆了，试着拎了拎，虽然能勉强举到肩上，但手臂怎么也伸不直。他大伯伯在一旁笑了一下，走了。我也有些敏感，看着自己的腿，想：长这么长有啥用啊？

矮胯子家的房子简直就是个窝棚，低矮的土墙，黑咕隆咚的，但他家就是不砌砖墙，也不修窗户、做新门，钱全给了三个男孩念书。他大伯伯经常拿着书坐在一边，让矮胯子他们背课文，三兄弟轮番上场，反剪着手背。他大伯伯其实一个字也不识，但只要发现矮胯子他们的嘴巴打磕绊，就毫不犹豫地甩过去一耳光，然后罚他们重背。这种魔鬼训练法自然收到效果。五年级下学期全公社统考，我一向稳拿的语文第一名，旁落到矮胯子的手里，语文老师气得不行，狠狠地抽了我一棍子。

初中毕业那年，矮胯子击败了包括我在内的所有对手，成了全公社的中考状元，不幸的是，他离县里的重点中学还差三分，只能委屈地和我们到同一所普通中学读书。有段时间我觉得他的行踪有些诡异，晚自习之后我们都到寝室里睡觉去了，却老是不见他。一天晚上，我留了个心眼，教室里的灯熄了之后，发现他悄悄地翻过学校的围墙，出去了。我跟着他走了一截，猛然叫他，他立住了，说，你也想看书吗？我说，想。他说，那你跟我走。

我跟着他走过几条田埂，到了镇医院门口。大门紧闭，他率先翻了过去，很轻松。我折腾了好一会才翻了过去。走到一个厕所边，他说，这儿好吧，有路灯。我才明白，他每晚是在这儿看书的。虽然灯光昏暗，臭气不断，但还算能看清字，心里也有些感激。只是我搞不明白，他是怎样发现这块“风水宝地”的呢？

矮胯子终究不是铁打的，由于睡得晚，又起得早，上课时不时会打瞌睡，但一激灵，又立马抬起头。有一回我看到他从口袋里掏出一根针，对着自己的大腿就是一下子。洗澡时，我看到他胳膊上和大腿上全是密密麻麻的针眼。

矮胯子高中毕业后补习了好几年，终于考上一家中专，毕业后分到了省政府机关。我后来巧遇过他中专时的英语老师，一提矮胯子的真实姓名，他就说，哦，那孩子太刻苦了，每天早晨都坚持跑步……

我多次想起矮胯子，曾把电话打到他的单位，接电话的人说，哦，他请假了，半年没上班了。我不解，多方打听才知道，他是生了病，回家休养去了。

后来我听母亲说，矮胯子的大伯伯去世了。因为正逢大雨，他家门口积了太多的水，矮胯子请村里的人帮忙，临时修了一条土路，终于把他大伯伯的灵柩抬上了山。

鸡爪子

鸡爪子瘦瘦高高的，上身几乎总是一成不变的一件黄色军装，夏天的时候做衬衫，冬天的时候蒙在棉袄外面做外套。鸡爪子还有一个明显的特点：他右手的五个手指老是纠缠在一起，原因是他的好几根手指都残疾了，伸不直，一直就那样可怜兮兮地蜷缩着，而且明显比另一只手上的指头细得多，看上去简直就像鸡爪子。

鸡爪子的父亲曾是军人，打仗时死了，母亲后来改嫁他人，鸡爪子就孤零零地一个人过，也没有人愿意嫁给他，他就那样打着光棍。

鸡爪子打光棍，除了身有残疾，没了父母之外，最主要的还是因为懒。按理说，几根手指残疾也不是什么大毛病，养活自己还是可以的，但他不愿干活，挣不到工分，就分不到口粮，虽然头顶烈属的身份，但并没有得到实惠，吃饭就成了大问题。

鸡爪子所在的那个村叫蒋村，离大司村有四五里路。我每次见到他，大约都是吃中饭的时间，他手里拿着个破搪瓷缸，身上背着个军用挎包，看到谁家恰巧准备吃饭，就会侧身斜靠在门边的墙上，不像别的要饭的那样，说什么“大哥大姐行行好，给我一口饭”，而是一言不发，像根树棍似的杵着，有点谦恭，又有着尊严。人家看到他，也不说话，但会接过他的搪瓷缸，盛点饭，再夹点菜。鸡爪子接过来，说一声“蒙爱你”，走了。

村庄里的人家都缺粮，填饱肚子基本上都成问题，但没有人家不匀出一点饭给鸡爪子的。匀出的那点饭当然填不饱肚子，鸡爪子还要去往下一家再讨一点。人家倘若刚吃完了饭，就会从米桶里抓几把米，放进他的挎包。

我始终有个疑问：鸡爪子怎么从来没到我外婆家门口停留过？有一次外婆见他走过去，就在身后叫他过来添点饭，他说：“胡大姐，你孤寡老人，还养着个外孙子，很可怜，我不能吃你家的饭。”

鸡爪子真是“吃百家饭”的，他十天半个月把周围的村子讨个遍，然后再开始下一轮。我从没见到过谁家对他恶语相向。我们小孩子很喜欢他。他念过一些书，会“刮经”，每次到村子里来，我们就会跟在他后面，待他吃饱了，就会笑眯眯地给我们刮经。他说话轻言细语，尾音拖得长长的，像是在唱歌，说到关键处，故意停下来，得意地看着我们。

鸡爪子说的那些故事我基本上都忘了，但他说故事时眼睛眯成一条缝的样子我还记得一清二楚。

摄影师

我的第一张照片是在小学五年级那一年拍的，因为保存不当，已经相当模糊，不过模样大概还能辨得出：胖乎乎的我，穿着棉袄，腆着个肚子（我们那时好像肚子都不小，其实不是营养过剩，而是营养不良），因为紧张、害羞，眼睛睁得老大。

是镇上来的一个人照的。那人原是一个“小混混”，但脑子好使，他买了个相机，走村串户给人家照相。20 世纪 70 年代末，他这么干，不光是有眼光，也有胆量。

那天很冷，我往村西头的一户人家门口去，看到一大群小孩跟在一个很精神的男人后面，那人手里拿着个东西，不停地对着小孩子摆姿势，我后来才知道那玩意是照相机。

男人是村西头那家的亲戚。他大概是为了引来生意，先要免费给那户人家的大女儿照相。那女孩当然不明白啥叫照相，男人就走进她家屋子，指着墙上的电影海报说，喏，拍出来就跟这画中的人一样。女孩终于弄懂了，又在他的叮嘱下梳头，在脸上涂雪花膏。

男人把女孩带到塘边上，边上有棵松树。他让她靠在松树边，笑一笑，但她脸涨得通红，就是笑不出来，眼睛也不敢看他。男人有点着急，嘴巴不停地说着，眯着眼朝镜头里看，他弓腰屈腿的姿势简直和我在电影里看过的拍照姿势一模一样，我这才明白，照相的都是这样的姿势。

女孩照了相之后，有其他小孩蠢蠢欲动，开始往家里跑，向大人要钱照相，有得逞的，也有死皮赖脸缠着大人，但最后落得一顿痛打，鬼哭狼嚎的。外婆听我说要照相的事，就回家从箱子底下掏出钱，我兴高采烈地拿着去了。

男人给我照相的地方是一户人家的墙壁前，石头砌成的墙。他让我笑，我也笑不出来。但后来他还是照了下来。过了很多天，他来大司村送照片。我拿到照片时很不高兴，因为我的眼睛是闭的。外婆也很不高兴，说花了那么多钱，照出来的却是个瞎子，不吉利。她这么一说，那个男人只好说，那就重新照一张吧。这回他很慎重，带我到了一个竹林，而且不停地提示我别眨眼。照完后，他也不大高兴，说没赚到钱，吃了亏。外婆不好意思，回家拿了几个鸡蛋追出来，跟在后面喊："照相的，你拿几个鸡蛋给你家伢子吃吧。"男人不肯要，却笑了，说："我们不是照相的，我们是摄影师。""摄影师"这个词就那样深深扎进我的脑袋瓜子。

那张照片已经很模糊，但那张相片的价格我至今记得非常清楚——五毛钱，相当于我外婆好几天起早贪黑挣得的工分。

独眼老太

独眼老太是司有村的丈母娘，和我外婆一样，年纪轻轻时就没了伴，开始守寡，守到女儿长大、嫁人，守到自己入黄土。

独眼老太把女儿嫁给司有村后，常来看她的女儿，就像我的外婆经常去后胡村看我的小姨娘。她的女儿说话时口齿含混，但人老实、勤快。有村精瘦精瘦的，性子急，说话像炸鞭炮。他是家中的长子，按理说，成家后，家里的房子应该归他，却没有，而是留给他尚未成家的弟弟。有村厚道，他的老婆和他的丈母娘更厚道，那时再穷的人家嫁女儿，都会要求对方家里有房子，虽然大多是土墙，但顶上一般都盖着瓦，最差的也有三间草房子。有村连个窝都没有，真的是上无片瓦下无寸土，村子里的人都有些想不通——瞎眼老太怎么那么傻？她的女儿怎么也那么傻？

有村婚后住在我外婆家的前面。房子是生产队的，一进做了我们的教室，另一进的两间房闲置着，队里的干部看有村可怜，就借给了他。有村在一间里面砌了灶，做厨房，另一间里摆了一张床，作为他们夫妻睡觉的地方。他们有了小孩子之后，每天要出工，忙得一团糟。有一年夏天，外婆让我给他们家烧中饭，我老老实实地烧了五六十天，有村老婆后来给我送了一个大西瓜，算是感谢。

我对独眼老太从内心里是有些烦的。她个子不高，一只眼睛瞎了，两张眼皮叠在一起，让人看着难受，而她说话时嗓子里老是扯风箱似的，呼呼响，折磨人的耳朵。更烦人的是，有村家没多余的房子，也没多余的床，老太来了，就要跟我外婆睡，她和我外婆睡在床那头，我睡在床这头。她睡着时老是打呼，发出的声音就好比夜晚的大风使劲地往树林里冲，可树林偏不让它进，两厢对垒，难分胜负。我有时夜半难免会被那恐怖的声音惊醒，就抱着外婆的脚，生怕自己被那阵风卷走。

老太一年四季一身黑，黑裤子，黑褂子，黑头巾，都是那种粗布染黑的，整个人看上去就像只黑乌鸦。她每次来，胳膊上都挎着一只篮子，里面装着鸡蛋、面粉之类的东西，都是她从牙齿缝里省下的。到了有村家门口，她轻车熟路，伸手在窗台上摸出钥匙，开了门，然后打开碗橱，看看里面有什么菜，以此判断他的女儿、女婿和外孙的生活有无改善。但看了二十次，她会叹二十次的气。

老太来我外婆家，一般都是晚饭之后好一会，外婆坐在煤油灯下等得有点不耐烦，便会领着我走过去，说，大姐，你在摸（方言，磨蹭）什么摸啊？老太太的身影隐在昏暗的灯光下，不是在洗衣服，就是在补衣服、补袜子、补鞋子。有一回，我外婆那么一问，她忽然站起来，没想砰的一声撞到墙，额头上立刻鼓出个大包。老太龇了一下牙，但马上又收住了，她用手摸了摸那个包，苦笑着说："没事的，没事的……"

老太和我外婆睡觉前总会坐在床上说一会话。从她们的谈话中，我断断续续听出来，她的丈夫和我外公一样死于饥饿年代，她开始守寡时也只有三十岁，和我外婆守寡的年龄差不多。老太和我外婆提到自己丈夫时用的都是同样的称呼："我家那个死鬼……"听老太说，她的"死鬼"脾气很倔，力气也大，一个人能从山上扛下来一根两百多斤的木头，死的时候被芦席草草地裹着，埋在了山上。

我和外婆生活了十几年，很少听到她跟别人提到她的"死鬼"。我对外公仅有的了解基本上是从她和老太的谈话中得来的。外婆愿意跟她说，大概是因为她俩有太多的相似吧。

独眼老太是四十多年前死去的，我外婆那时身体也不好，走一截就要喘会儿气，母亲把这个消息转告给她，她只淡淡地说了一句："她呀，太苦了，死了也好。"

家龙

一天中午，酷热，村里的几个男孩在村中间的一口塘里洗澡，我站在边上眼巴巴地望着，却不敢下去，因为我不会游泳。比我大三岁的家龙看到了，脚踩着水，“走”到岸边，说教我学划水。我想也没想，就脱了衣服，下了水。家龙一只手划着水，一只手托着我的下巴，带着我往塘中间去。离岸十来米的时候，许是害怕，也可能没了力气，他突然松开手，我的身子立马坠下去，咕噜咕噜地喝着水……正蹲在塘边树荫下看着我们玩的一位大人发觉情况不对，衣服也没来得及脱，就跳下水，把我拖上塘埂。我大概吓懵了，家龙也懵了，其他小孩纷纷爬上来，木头似的立在塘埂上。过了一会，我奶奶赶来了，她劈头盖脸打了我几巴掌，然后把我拖回了家。

家龙还教会我们推牌九。他喜欢坐庄，我们一帮比他小的在边上下注，他赢了，便将我们的钱悉数收走，但要是输了，便说没钱，只能打折赔付。有一年冬天下大雪，他带着我们几个人躲在村子的牛圈里推牌九。不知是牛圈里暖和，还是我们忘记了寒冷，直到天大亮，父亲赶来给牛喂草时，我们才慌慌张张地跑开。家龙还曾多次带我到邻村里赌过“宝”。他教我别急着下注，要先观察，琢磨庄家的思路，然后再出手。这一招果然灵验。每次赢一点儿钱之后，他就拉着我的手回家。我们踩着夜色，一路走，一路大声地唱歌。

一九八〇年，家龙成了我们村第一个考取中专的人，很风光，毕业后分到了县城，又成了村里第一个拿到城市户口的人。我在老家补习那年，家龙每次从县城回家，都会到我家，给我辅导数学，给我鼓劲。我与他，还有一个刚刚退伍的张姓小伙子，算是村中最有“文化”的三个人，我们成了最好的朋友。但我与小张交往不到几个月，他就自杀了，以一种很惨烈的方式。

家龙到县城的几年后，我也分到了县城，常常和他在一起玩，在一起喝酒。每次喝酒时，他都喜欢买一些猪头肉。除了猪头肉，家龙最爱书，边看边做笔记，连看报纸时也会这样，有时还在边缝上做一些批注、评论。在我看来，家龙远比我头脑活泛，比我用功，做事也很有主见，但他后来遭遇了一场很大的波折，几乎被彻底摧毁。我在县城的最后一年，很少见到他；调离的时候，他也不知道；之后的若干年，几乎与他没有任何联系。那些年，成了我们之间的空白。

前几年春节我回老家，见到了家龙，我们坐在屋前的阳光下，东拉西扯了一天，他妈妈不时跑过来看看他，看着他和我在一起开心地说笑，老人家就笑眯眯地走了。当初在县城工作的那几年中，我时常开玩笑说他差点“谋杀了我”，但后来再没有提了，我怕那些不开心的事会刺激他。

救我的那个人，原是村中的电工，我后来一直叫他“表叔”，也算是亲戚了。他的儿子亲切地叫我“二哥”，我曾辅导过他一阵子，但他还是没考上高中。表叔一家子前些年搬离了村子，我回家的次数本来就少，也便没再见到他了。但他一直在我心中。

瞎子老太

外婆家的巷口住着一个瞎子，六七十岁的老太太。她终生未嫁。我们经常到她那里玩，为的是听她“刮经”。每次去，她都会讲一些不同的故事。我那时很奇怪：一个瞎子，不认得字，看不见人，看不见山，看不见水，哪会知道那么多事情呢？

讲故事的时候，老人常让我们给她挠痒。边上的人轮流着挠。她把后背上的衣服捋到脖子处，让我们用手不停地挠。她还经常向我们要旧作业本，揉软了，做垫子，贴在胸口，老人家的乳房因为害了脓疮，终年流脓。这一定是件非常痛苦的事情，但她从来没治过。没有钱，应该是唯一的原因。

老人原先住的房子是别人家的，后来归还给了主人，村里便给她这个“五保户”在山脚下盖了一间房。我们还常常去她那里听故事，给她送旧作业本，给她挠痒。我有时晚上听完了故事，回家要走好长一段路，心里很害怕，但第二天晚上还是忍不住要去听。现在我甚至还能记得一些她当年说过的传说、神话。

我一个人的时候，经常会想到大司村的人和事，偶尔会想到瞎子老太——她是哪一年去世的？我怎么没听说？她像风一样散了吗？

小铁头

小铁头比我小三四岁，他家就在我外婆家的前面。论辈分，小铁头和我母亲同辈，我应该称他为舅舅，但其实他基本上沦为我的跟班。

小铁头的个子不高，瘦精瘦精，黑不溜秋，人虽机灵，但对念书很少上心，所以没少挨他父亲的责骂。他的父亲是老师，教过我们唱歌，也教过我们生理卫生，是个自尊心很强的人，每每骂起儿子的时候，声色俱厉，甚至还动手。

小铁头对他父亲的话可以不听，但我说的话就是他的“最高指示”。平时我只要在家，小铁头基本上就会跟在我后面，有时晚上还跟我睡觉，和我算得上形影不离。

为了训练小铁头，我没少花心思，用的基本上是从电影里看到的那一套，每天让他练习立正、稍息，向我敬礼。我还给他做了支木头手枪，让他插在裤带上，我出门的时候，他就跟在我的后面，像个勤务兵。我要是去水塘淘米，他就在我身后提着筲箕。我身上痒了，便会命令他给我挠，一般让他挠一千次。他边挠边叽里咕噜地数着数。我有时故意问他问题，分散他的注意力，他被我问得云里雾里，突然发现忘了记数，又会咕哝着发牢骚。当挠满一千次时，我会说，叫你挠一千就一千，怎么一点都不加？他便说再加一百次。待满了一百，我又说加一百就一百？他只好说，再加五十……

小铁头是个嘴巴很馋的小孩。五六岁的时候他还没有锅台高，就学会在锅里炒东西吃。有一次，我正好去他家，看他脚底下垫了只板凳，摇摇晃晃地在灶台前炒蚕豆，锅里噼里啪啦响，蚕豆不停地往上蹦，他用锅铲麻利地铲出蚕豆，又往锅里倒了一些生蚕豆，继续炒。但蚕豆总有炒完的时候。没有东西吃，小铁头当然受不了，他思来想去，发现可以把米放在锅里炒着吃，还知道放点香油。炒熟了以后，揣在口袋里，不时地掏出几粒。这样做有个后遗症，那就是嘴巴上、口袋里尽是油，很容易就被他的父亲发现，结果又是落得一顿打。但小铁头的头似乎真是铁打的，他的父亲下手再重，他也不掉一滴泪，过几天还会故态复萌，接着炒米吃。

小铁头虽然好吃，但并不小气。家里有了咸肉，他通常将咸肉摆在碗底，上面用饭盖着，饭头上只放一两块肉。到了我家之后，他再从碗底将肉扒拉出来，分给我一两块。

有年春天，小铁头在裤带里别着一把手枪，跟在我的后面，去田间的沟渠里捉鱼。我们把一块田的水刚放掉，队长司有早巡田来了，他气得不行，一锹将我用来舀水的葫芦瓢剁碎了。我骂了他一句，他扬手要打我，小铁头眼疾手快，从田沟里捞起一把烂泥，朝他的脸上砸去，司有早的眼睛、嘴巴全是泥。

一九八五年寒假，小铁头已经十五六岁了，因为成绩不行，他父亲把他送到我的老家，让我给他辅导，我那时正在一所师专读英语专业。这时候的小铁头还有些怕我，我让他读书，他便读，但我一转身，他就不出声了。晚上他跟我睡觉，还会问：二哥，要不要我给你抓痒？我说要。他就问要抓多少次，我说一千。到了一千，他马上就会说再加一百行不行……

有一天我发现他在盯着我家屋前的马路发呆，问他想什么，他回答说要是能坐车回家讨点米糖来吃就好了，我说我家房角的坛子里不有米糖嘛，你自己拿就是了。他羞羞答答地说不好意思拿。他果然长大了一些。

小铁头后来上了高中，没考上大学，去当了兵。过了几年退伍回来。听母亲说，她有一次去大司村，在路上走的时候，小铁头从一辆车子里伸出头喊她“大姐”，然后坚持要开车送她。路上，小铁头问我母亲，二哥怎么再也不去大司村了。母亲说，二哥的外婆不在了，到大司村也没地方住了。小铁头让我母亲带话给我：“怎么没地方住呢？我的家不就是二哥的家吗？”

说这话的时候，小铁头应该有近四十岁了吧。三十多年后，小铁头对我还是那么亲热，让我真的感动。

六三子

六三子是一九六三年生的。我那时老是觉得他比我大不止三岁，而是大我好几岁，因为他长得黑，看上去有些“老”。他家很穷，虽然家家户户都穷，但他家弟兄三人特别能吃，家里总是青黄不接。他妈妈跟我外婆愁眉苦脸地嘀咕了好几次：这三个光头要是都长大了，到哪讨媳妇啊。

六三子和我母亲同辈分，都是“先”字辈。我母亲让我叫他“舅舅”，我从来不叫，而是直呼其名。

六三子家门口有个池塘，从他家跨几步，就到了池塘跟前。我要是去那口池塘淘米，可以到他家那边，也可以在他家对面的塘沿上。有一次，我在对面淘米，看到他，喊他过来，他过来后，我说：“记好了，晚上八点半！”他马上明白了，因为那天早上我碰到他的时候，已经约好了晚上要干的事，但没确定“行动”

的时间。边上一位正在洗衣服的妇女看我们鬼头鬼脑的样子，露出慌张的神色：“你们八点半做么事？”我们嘿嘿地笑，没回她。

晚上八点半，大人们都睡了。外面很黑。我摸到六三子家门口，敲了一下门，他就出来了。他在前面带路，我跟在后面。我们走到他家屋子边上的一棵杏子树下。那树并不高，但枝干浓密、枝叶婆娑。白天我和他在下面逡巡了很多次，看到那上面缀满了黄澄澄的杏子。杏子树是他家和他二叔家共有的，有他家的一半。

六三子身手敏捷，我刚抬起头，他就上了树，先是用手摘，我听到杏子被扔到篮子里的“咚咚”声，过了一会，他开始用手和脚摇晃树枝，杏子“咚咚咚”地往地上掉。天太黑了，没法看得清，我只能跟着声音在地上摸，还没摸到几个，忽然看到他二叔家亮起了灯光，然后听到门“吱呀”一声开了，我赶紧往坡下跑，身后谁家的狗汪汪地叫着。我顺着黑黑的巷子，一口气跑回了家，发现裤袋里装的几颗杏子全漏掉了，只有手上还抓着几个。

第二天，六三子一大早就到了我家门口，朝我招招手，我出去后，他从裤兜里掏出十几颗杏子。我问他有没有被他二叔发现，他说没有，他二叔走出来时，他就伏在那树上动也不动，他二叔站了一会，就回家睡觉去了。

六三子还带我偷过柿子，也是他二叔家的。柿子树就在他二叔家门口，偷起来更危险，好在他二叔家的狗认识他，不叫唤，他负责偷，我负责站在他家门口，防止他父母走出来发现他。他轻手轻脚地走过去，摘十几颗，就悄无声息地撤退，然后塞几颗给我，又悄悄地开了他家的门，轻轻地关上。他父母和他二叔从来没发现过。

摘下来的那些柿子还都是青的。六三子教我把它们放在锅灶上烧水的炉子里。烧饭时，灶火不仅可以煮饭，还顺带着烧水，等水六七成开的时候，把柿子放在里面煮，可以去涩气，吃起来还是有些甜的。后来他还告诉我可以放在米桶里焐，我性子急，没焐几天，就拿出来吃，很涩，还不如放在大半开的水里煮好吃。

六三子起先比我高一个年级，但念了一年，就不念了。我读五年级的时候，六三子还有和他同龄的菊英等几个辍学好几年的人又开始念书。老师说，他们的年龄太大了，不能按部就班从二年级开始念，而是直接跳到三年级。

但他们几个还是跟不上，放学的时候，就让我帮他们做作业。我蹲在生产队仓库门口的青石板上，先把一个人的作业做好，再让他们抄。大概过了不到一年的时间，他们失去读书的兴趣，又陆续辍学了。

我去外地读高中时，六三子碰到我外婆，常常跟她说，有什么重的活，就跟他说一声。六三子并不是假客气，我外婆说，他帮她挑过很多次水，有好几次遇到她从外村碾米回来，二话不说，就接过担子，送到家。六三子的弟弟二平子和我同龄，后来和我接触更多。他也没读几年书。我二十多年前在和县教书，二平子在南京打工，回家时特地绕到和县去，在我那住了一晚上。

我母亲后来去大司村，二平子总会说：“大姐，小强子怎么老是不来？叫他来玩嘛。”母亲对我说，二平子和六三子真是想你。

六三子的小弟弟叫三宝，矮墩墩的，很壮实。他看到两个哥哥跟我玩，也想跟我玩，但他太小了，我很少单独跟他玩。我上高中时，到过他家，他像是突然懂事了，叫我“二哥”，其实按辈分，他还是我的长辈呢。

六三子的母亲高高瘦瘦的，是个很可亲的人，她看到几个儿子和我要好，对我格外客气。六三子的父亲我起先并不大喜欢，原因是他喜欢冷言冷语地挖苦人，但慢慢地，对我也客气起来。

今晚，我把六三子、二平子、三宝这三个弟兄的名字默念了很多遍，他们应该过得还不错吧——他们本分、勤劳、善良，要是生活得不好，老天也是不公道了。当然，我同样希望他们的父母过得好，他们那时实在是受了很多的苦。

小皮实

小皮实比我大十来岁吧，比我外婆还高一个辈分，所以应该是我的曾祖辈，但我从来都是跟着大人们叫他“小皮实”。

小皮实的父亲是何时死的我不知道，反正我到外婆家之后就没见过他的父亲。他们兄弟四人，按照村里人的说法是“四个光头”。那个年代，一家有四个身强力壮的“光头”，对于一个守寡的母亲来说，无疑是个灾难，因为娶媳妇是个天大的难题，最起码要有四套房子，这一点就是拆了他们母亲的骨头卖，也无济于事。小皮实的哥哥结婚后占据了两间房子，其余弟兄三人和母亲就窝在剩下的那间房子里。

小皮实开始和我接触的时候，是十六七岁的样子。他当时负责给生产队养猪，猪场是在一个山坡上，离村子大约有三里地。养猪是件很脏的活，而且猪多达

鱼鹰图

山雨欲来

十几头，光是清理猪圈就够人受的。一些年纪大的人都不愿意做，毛头小伙小皮实之所以愿意做，原因只有一个：住在猪场里，可给两个哥哥和母亲腾出一个人的空间来。

我在村里的小孩子当中成绩最好，小皮实很喜欢我。村里和他一般年纪的人都没念过什么书，而他是有些文化的，似乎也特别喜欢看书，即使是弄到几张旧报纸（主要是《安徽日报》），也会翻来覆去地看。有一年夏天，不知他从哪弄来一个手抄本，是个外国侦探小说，便借给我看，我也用信纸抄了一遍，反复看，后来借给别人，就再也没回来了。说起来，那应该是我看到的第一本“文学著作”。他还弄来了《红楼梦》，也送给了我，好玩的是，那本名著只剩下三十几页，我看了很多遍，还把上面的一些诗词抄了下来，在同学们面前卖弄，感觉好极了。

相比较插秧、割稻之类的农活，养猪相对要轻巧一些，一日三餐，把猪食烧好之后，往猪食槽里一倒，基本上就没什么事情了。下午或晚上，小皮实常常会到我家来玩，他看着贴在墙上的奖状，指指点点，说某张奖状的字写得好，某张不好，说完还会用毛笔在报纸上示范应该怎么写才漂亮。我最佩服他写的“安徽日报”几个字，和报纸上的几乎完全一样，应该是临摹了不少遍吧。我看着眼馋，也跟着学，就是学不像，心中便对他越发佩服。他当然能看出我的“崇拜”，心中也有些得意，用毛笔到处写，在门口的青石板上写，在我外婆家的墙上写，后来还在我外婆家刚刚砌好的灶台上留下墨宝：“进厨洗净手，上灶莫多言。”黑黑的，颇有劲道。我后来热衷于练字，想来与他的熏陶、启蒙肯定是有关系的。

外婆有时要到我小姨娘家去，晚上我很害怕，便让小皮实陪我睡。我在煤油灯下做作业，小皮实就在边上练字。他舍不得用墨水，从瓶里倒出一点放在碗里，再加点水。睡觉时，小皮实会和我东拉西扯，要么讲一些神话、传说，要么跟我议论村里的人，说谁劲大，一次能打倒几个人，我当时听着很来劲，好像在听神话中的英雄。还记得他跟我说，别跟某某某玩，他念书笨，要是跟他玩多了，自己也会变笨的。我果然听他的话，不再跟那人玩了。

第一次跟着小皮实去养猪场，是个夏天的晚上，很圆很亮堂的月亮挂在空中，照在山坡上，草丛、树林间有各种虫儿唱和，风从远处吹过来，很凉爽。我使劲低着头，心里虽然害怕，眼睛却不时地瞟一下远处，山坡上鼓出来连绵的坟茔，一坨一坨的，总感觉会有披头散发的鬼跳出来，走在前面也怕，走在后面也怕（这一点我没说，他根本不会料到）。好不容易到了猪场，却是一个非常开阔的院子，回望，照样是无数的坟，照样可以想象到无数的鬼。我拽着他的衣服，踉踉跄跄地进了屋，似乎感觉鬼又跟到了屋边上……天本来很热，但那一晚，风自始至终拍打着那扇门，发出吱吱呀呀的声响，我埋着头，几乎哆嗦了一夜。

第二天早上才发现，那屋子只有一间，里面挤了一张床、一个灶台（用来煮猪食的）和一口大水缸，床底下是一摞写着毛笔字的旧报纸。再看看那扇窗子，其实就是一个洞，正对着那些坟茔，没有任何遮挡。也只有小皮实愿意来吧，换成别人，谁会在这一片荒山上陪着一个个死人和一头头脏兮兮的猪呢。

之后，我又去过猪场几次，都是在白天，晚上再也没去过。小皮实有时晚上从我家走，外面黑咕隆咚的，他拿着一把手电筒出门，听着他的脚步声在青石板上越来越轻，我就想，他要是在山坡上碰到了鬼，怎么打得过呢？

我上小学四年级的时候，猪场拆了，小皮实开始看仓库。仓库就在村口，我每天上下学，都要从仓库门口经过。他白天要下地干活，晚上才到仓库来，我放学时看到仓库门关着，就会在门口的石磙子上写作业，等他回来开了门，就进了他的“家”，接着写。那时我常常跟他睡觉，夏天的晚上，我们把凉床抬到外面，萤火虫在稻田间明明灭灭，青蛙呱呱呱地叫着，我在身上涂一些驱蚊药，很快就睡着了。

四年级下学期的某一天，他在一张纸上写了一个繁体字的“衞”，说你可以这样写你的姓，我很兴奋，心想，这样写，别人肯定不认识，便说“好”。但我写了好几遍，也没写出来，便问他有没有别的比较难的同音字，他想了想，在纸上写了个“魏”，这个字我感觉不错，采用了。他又说你可以用“振”来代替“正”，我感觉这个字也很复杂，有意思，说“好”。再想想，我说，用“强”代替“祥”（我老家的人一直把“祥”读成“强”，父母都是叫我“小 qiang 子”），他也说好。说干就干，我把作业本上的名字立马擦掉，换成了“魏振强”。我就这么改了名，奇怪的是，老师们好像一点反应也没有，我轻而易举就改成了。

外婆不认得字，她当然不知道我把名字改了；父母与我隔了几十公里，他们也不知道我把名字改了。我考上巢湖师专时，父亲看到通知书上的名字，很吃惊，但他并没意识到我已“数典忘祖”，或者是被高兴冲昏了头，并没表现出什么不快。其实，在此之前，我的弟弟也跟着我烧包，把“卫”字改成了“魏”，只是辈分仍用“正”字。再后来，我意识到这种大不敬之后，想改回原名，已经十分麻烦了，索性用鲁迅也改了姓来安慰自己——只是我比他过分，既没有用我母亲的姓氏，也没让我的后代续用祖姓，我的女儿、我的几个侄儿们后来都“不得不”姓魏了。

我读初中以后，和小皮实的接触越来越少。其间，外婆很热心，到处给小皮实做媒，但别人到他家一看，发现只有一间房子，就摇摇头走了。村子里像他这样的大龄青年当然也有，我估计那时他心中也一定很压抑，我有时放学路过仓库门口，看到他用树枝作笔，在谷场上龙飞凤舞写毛主席的诗词，也会跑过去陪他写一会。我有时还会写别的诗词，而他不会，就会听到他的夸奖：“你上好的嘛！”

一九八〇年我考取了高中。在那座山村里，读高中的人屈指可数，而我就要到几十里外的镇上去念书了，当然很激动。我跑到他的仓库里玩，他从枕头底下摸出了一个笔记本，比巴掌大不了多少，说是送给我的。我翻开后，看到他写的几个字：“世上无难事，只要肯登攀。赠魏振强同学。”但并无落款。

这个本子我后来用来抄英语单词，一直用了好几年。

一九八四年，我考上师专，小皮实已成家了。外婆那时已离开了大司村，我再也没回过那里。后来听母亲说，小皮实的老婆不顶龙（方言，不很聪明），心中有些黯然。我晓得他是和村里其他年轻人很不一样的人，不抽烟，不赌博，喜欢看书，喜欢写毛笔字，他和一个那样的女人过日子，会不会顺畅呢？

外婆去世后，母亲到过大司村很多次，每次回来，总会跟我说起村子里的一些人，她知道小皮实对我好，就特地说一些他的情况。十多年前的一个晚上，我给母亲打电话，闲扯了一会之后，她忽然说："强子，小皮实死了。"我一惊："怎么搞的？"母亲说他炸石子的时候被滚下来的石头砸中，别人把他送回家，他老婆没意识到严重性，第二天送到医院，已经来不及了。我又问是什么时候的事，母亲说有好几年了。这么算来，他去世应该有近十五年了吧。

我后来常常想，我考取师专的时候，要是能亲口把消息告诉小皮实，他一定会非常高兴，像一个长辈一样替我高兴，但我没有，我只有把这种遗憾写在纸上，算是对他的告慰。

模糊的面孔

二〇一二年二月十九日早晨，我们要从含山县城出发，把宗轩的骨灰送到他的老家。按照小姨父的意思，安葬时要选择阴历的双日子。考虑到路途遥远，为不耽误安葬的时辰，我们头一天就赶到了含山县城，在那住了一晚上。

十九号是正月二十八。我后来才想起来，那天是二十四节气中的“雨水”。但并没下雨，大概因为前几天一直下，天上的雨下完了。

在从含山县城前往林头镇的路上，我看到了很多熟悉的景致。到了青山村、福山村的时候，就更熟悉了。大司村就在附近。从车里往外看，是一个又一个水塘，还有水田，水田后面就是大司村。正月初三上午，宗轩和他的妻女，还有他的两个妹妹带着孩子到我老家给我的父母拜年，第二天上午他们要走，我立在门口送他们，弟弟问我想不想去大司村，我摇摇头，说不去了。宗轩笑着说，二哥，我陪你去。我说，算了，你们回吧。他又劝了几次，我还是没答应，他便发动车子，走了。

弟弟和宗轩都知道我心里是想去看大司村的，所以才会说要陪我去。而我怎么也不会想到，时隔三十年眺望大司村的时候，身边放着的是宗轩——我外婆的另一个外孙的骨灰。

到了张什村，又到了方山口村（那村边有条河，曾经有很多高悬着白帆的船在里面来往），最后到了后胡村——宗轩的老家，鞭炮响起来了，村口聚着很多人。和鞭炮一起响的还有哭声，车子里面是宗轩的堂姐在哭，外面是我小姨娘在哭。

下了车，看到了弟弟、弟媳、嫂子和大侄儿，他们是从我的和县老家赶过来的。嫂子和弟媳搀着小姨娘往墓地走，他们也看到了我，我们没说话，心里都压着一块重重的石头，嘴巴也像结了冰，没法打开。

墓地在村子正对面的坡地上，很多人已在那里忙碌。这块地我也熟悉，小的时候曾跟着小姨娘、小姨父去过，那边上是他们家的自留地，种山芋种蔬菜。那个时候，宗轩还很小，也才会走路吧。

墓地那边，小姨父正带着一些人在砌池子，忙碌的人中还有两个人我认识：一个是贤玉，宗轩小姑的儿子；还有一个是劲松，宗轩大伯的儿子。他俩在宗轩去世后赶到苏州，待了若干天之后，提前回来打理墓地。

其他人我就认不出来了。我在旁边站着。过了一会，过来一个胖胖的男人，六十岁左右，问我："强子吧？"我说是。我看看他，又看看他，忽然想起来了，问："你是宗文大哥？"他点点头。

宗文也是宗轩大伯的儿子。宗轩的大伯有三个儿子：宗文、宗超和劲松。印象中，宗文曾经跟我的小姨父学过裁缝，白白净净的，像个书生。但现在不白，更不像书生了，他面容萎顿，像结了一层霜。

宗文大哥和我说话的时候，一直抓住我的手，大概有十分钟吧。我也找不出什么话来跟他说。他的爱人已是癌症晚期，医院建议放弃治疗，现在就躺在家里，只剩下一口气了。我在苏州的时候还曾接到提前返回的贤玉打来的电话，催我考虑宗轩火化的事情，免得安葬的时候，和大嫂"碰"到一起。

我和宗文大哥说话的时候，一个壮壮实实的戴着鸭舌帽的男人给我递了一根烟，我接了，没说话。过了一会，那男人又走过来，给我递烟，问我："强子吧？"我看了又看，连蒙带猜："你是宗超二哥？"他说："是的，我们好多年没见了。"我说："快四十年了吧。"

我曾听宗轩说过好几次，宗超也得了癌症，在上海化疗了好多次，其间，宗轩还去看过他。宗超长我约十岁，我七八岁的时候，曾跟他去巢县卖鳖，他用猪肝在水塘里钓的，我们走了几十里山路，到了一个疗养院，买鳖的人问他怎么捉到鳖的，他回答说用手在水里摸的，那人付钱时让他写个收条，他写不出来"鳖"字，便灵机一动，写了"团鱼"。后来我在好长时间内对他耿耿于怀，原因是那天我陪他走了那么远的路，他却没买任何东西给我吃，让我一直饿到下午。

宗超后来当了兵，在黑龙江。他虽然没什么文化，但机灵、勤快，很受领导赏识，当上了司务长、团长。十几年前，小姨娘家欠债，他听说后马上拿出三万元。宗轩后来对他一直怀着感恩之心，也是应该的。

那天宗超跟我说，他本来也想去苏州，但家里人没让他去，怕他身体受不了。我安慰他，说没事的，都是家里人。但我后来听说，宗超还是去苏州看宗轩的妻子和女儿了。

宗超和宗文是我外婆的侄孙辈，他们呼我外婆“舅奶”。算起来，我们还是有血缘关系的。

第四辑

外婆，安好

回娘家的路

五十多年前，母亲出嫁时，只有十八岁，她的父亲已死了十年，她的哥哥也在父亲死去的两三天之后死去。从丧父丧兄到出嫁前，母亲和小姨娘跟着她们守寡的母亲生活了整整十年。那十年中，她们母女三人一定常常在暗夜里为两位死去的亲人悲伤过、饮泣过，被生活中无数个硬邦邦的“钉子”绊倒过、划伤过。

一

饥饿就是一枚钉子，真实存在。外公和大舅去世后不久的一个晚上，饿得只剩下皮包骨头的外婆躺在床上奄奄一息，她的两个女儿也饿得眼睛发花，她们守在床前，看着将要死去的母亲，泪如雨下。半夜的时候，八岁的姐姐突然拉着四岁的妹妹的手，说，你跟我去田里偷麦子。但妹妹哪敢啊，屋外锅底一样的黑。更为要命的是，她们要去做的是“贼”，她虽然饿得要命，但也知道做贼是件太大的事，死活不肯去。愤怒至极的姐姐用仅存的气力打了她，她还是不肯去，姐姐又开始用手打，用脚踢，扯她的头发，一双恶狠狠的眼睛似乎要冒出火来，妹妹害怕了，任姐姐拽着自己出了门。

出了门的妹妹还在低声哭泣，但在姐姐的呵斥下，她忍住了。她们悄悄地走出家门口的巷子。其实，夜晚的村庄本就是死一般的寂静，左右邻居差不多都像她们的母亲一样躺在床上，气若游丝，谁还有气力去分辨脚步声？而本来对声音最为敏感的狗也已绝迹，它们早就被吃了。

田野里只有风吹拂麦穗的声音。小姐妹俩顺着田埂跌跌撞撞，连滚带爬地走到一块麦田里。妹妹全身颤抖着，呆立在姐姐的身边，姐姐双手捋着麦穗，扒拉着，将扯下的麦粒往自己的兜里揣，往妹妹的兜里揣，等两个人的口袋装得满满的，她们轻手轻脚地往村子里走。回到家，她们用稻草团塞紧窗户，揭开锅盖，在锅里轻轻地翻炒着小麦……

那是她们人生中极为恐惧的夜晚之一。许多年之后，小姨娘说，那晚要不是她的大姐、我的母亲带着她去偷了几把小麦，她们母女仨怕早就烂在了土里。

那个夜晚只不过是母亲和她的母亲、妹妹艰难人生中的一个缩影。

二

母亲嫁到的村庄名叫大庄，是安徽省和县的一个小村子，和她的娘家安徽省含山县的大司村相隔四五十里路，路中间立着一座山——西塔。我一直不明白，在那样封闭的年代，在那个没有任何交通工具、出门后的每一步都需要双脚丈量的年代，是哪一位神通广大的媒人相中了我的母亲，把她“引”到了一个隔山隔水的偏僻村庄？

母亲嫁给父亲不久，外婆去看了她一次，那是她第一次去看自己远嫁的女儿，也是第一次看到她的亲家——我的奶奶，第一次看到她的女婿——我的父亲。

在母亲嫁给父亲之前，我爷爷就已经死了。奶奶和外婆一样都是丧夫之人，不同的是，奶奶带的是三个儿子。按理说，这两位寡母第一次见面时应该亲热地拉着手，流泪或者欢笑，晚上该睡在同一张床上亲热地说话，但她们没有，她们从初次见面开始，彼此的心中就生出了怨怼。

外婆生出怨气，是因为她看到自己女儿的新家比她想象的要差得多——三间土坯房子，住着我的父母、我的奶奶，还有我的两位尚未成家的叔叔。她去的时候正是雨天，风往屋里刮，雨往屋里灌，半夜的时候，她不得不多次爬起来，用葫芦瓢把雨水往屋外舀。而她吃饭的时候，居然找不到一条板凳，只好端着饭碗，坐在门槛上。

外婆心中生出怨气，还因为一个人——我的奶奶。奶奶是个“木骨”（方言，形容说话硬邦邦的，很冲）人，而她对我的两位叔叔明显要比对我父亲好，也许在她看来，她把媳妇娶上了门，她的大儿子就是跟别人生活，属于别人的“人”，她的两个小儿子才是她真正的儿子。当外婆看出我奶奶言语行为中明显的亲疏后，先是生我奶奶的气，继而生自己的气，她觉得自己把女儿送到了“水里”，害了她。没过几天，外婆就回自己家去了。此后，她想女儿的时候，只能让自己的目光越过山越过水，越过四五十里的山路，眺望那个让她伤心的村庄。

三

哥哥出生时，父母遭了什么罪，我不知道。我出生的时候，正是夏天。天太热，家里几间矮小的房子简直不亚于蒸笼。晚上，父亲和母亲轮流给哥哥和我打着扇子；白天，父亲跟着生产队的劳力一道下地，母亲抱着我蜷缩在门口的树荫下，阴凉挪一截，她也跟着挪一截。不到两周岁的哥哥在边上不停地吵闹，吵累了，就在地上躺一会，醒了，接着吵。

也不怪外婆对我奶奶有怨气，奶奶对两个孙子很少过问。母亲有时生气，独自在树下流泪，有时冲着刚收工的父亲发脾气：“你妈妈怎么这么心狠？”父亲本就憨厚、木讷，他除了默默生我奶奶的气，是断不敢发脾气的。

母亲的身上长满了痱子。我除了长痱子，还长疖子，在太阳穴附近，后来留下了一个疤痕，至今也没消掉。

村中的老人见我母亲带着我和哥哥遭罪的样子，看不过去，有人送来几个鸡蛋，还有人帮着带我们兄弟。

弟弟小我三岁。他出生三四个月之后，老天突降大雨，一连好几天不曾停歇。家门口的那条河很快涨满了水，又很快决了堤，滔滔的洪水漫过田野，向村庄涌来。父亲和母亲冒着大雨，带我们往村后的一条沟渠逃，父亲从山里的一个亲戚家借来的一条船停在那里——其实，那是一个椭圆形大盆，本是用来运送粮食的。

仍是倾盆的大雨。整个田野白花花的一片，很多鱼从水里跃出来。风和雨，还有浪头，不停地推搡、敲打着那只飘摇的盆，父亲立在水中，一只手死死拉着缆绳，另一只手腾出来，先后把我和哥哥放在胳肢窝下夹着，丢进盆里。母亲抱着弟弟，立在水中，她把弟弟往父亲手里塞的时候，父亲身子一晃，没接住，幸好母亲反应很快，就在弟弟快要落入水中的时候，她下意识地张开腿，紧紧地夹住了他，襁褓中的那个小人才没被洪水卷走。

四

我被送到外婆家之后的头几年，一年回家两三次，多是在父亲来外婆家挑米或山芋干的时候跟着他回家的。从老家再回到外婆家，基本上都是母亲送我。母亲擅女红，不仅会用各种彩线纳鞋垫，还会做虎头鞋，会给我们兄弟几个缝制兜兜。兜兜一般都是白布做的，母亲在上面一针一线地缝制各种图案，有老虎、大公鸡，或者兰花、菊花、牡丹之类的花草。我们把这种兜兜套在衣服外面，村里的孩子看着眼馋，他们的母亲就会跑来问我母亲要草图，再让我母亲手把手地教她们。母亲并没有现成的草图，那些图案基本上都是她在脑子中勾画好的。一些妇女脑瓜子不太灵光，任凭我母亲如何教，也学不会。

母亲只上过几天夜校，最多认识几十个字，她看不懂书，也看不懂报纸，根本就不可能见过老虎，甚至连兰花、菊花、牡丹的“真身”也没见过，最多是在年画或者别人家墙上贴的画子中见过它们的模样，但她记忆力好，悟性也好，看过之后，脑里就有了印象，再靠着记忆，用针线把它们还原。我们从老家往大司村走，路上总会不时被人拦住，多半是妇女，她们盯着我兜兜上的图案，又盯着我的鞋子，看上半天，然后啧啧有声：“真好看啊！”

母亲停下来，满面笑容地接受她们的赞美，又耐心地告诉她们怎么穿针引线，怎么在鞋样子和白布上画图案，我一动不动地站着，任那些人俯身看着、摸着我的鞋子和兜兜，摸着我的脸，心里为母亲骄傲。这种快乐和满足，是我和父亲同行时从未得到过的。

接近中午的时候，我们差不多就到了西塔山。看到面前高高的山，我心里总会有些发怵。山太难爬了，一步步地沿着蜿蜒的山道往上爬，脚下都是石子、石块，一不小心就会滑倒。坡很陡，很长，山道上有人影在晃动，远远看上去，他们只有手臂那么长。看着他们的身影，我也稍稍有些轻松，毕竟不用再害怕有狼或其他怪兽了。

我和母亲往上走，个把小时才会到达半山腰。那边有一棵巨大的柏树，孤零零地站着，腰身很粗，树皮老得裂开了，像是在恭候爬到山腰上的人。树投下大片的阴影，阴影中还有几块条石，供人歇息，不远处是一条小溪，我和母亲坐下来，吃点早上从家里带来的炒米，又在溪水里舀点水喝。水冰凉的，但很甜。

走到一个山岗时，离外婆家就不远了。翻过山岗，走在水库埂上，会见到村中在山地里干活和在山坡上放牛的人。大人们基本都比母亲的辈分高，母亲亲切地唤他们“大爷”“大伯”，他们会亲热地回一声：“大姑娘家来了？”放牛的大孩子们会叫母亲“大姐”，其实论辈分，他们也大多比我母亲高。

我和母亲到了外婆家，只要是天没有完全黑下来，门一定是锁着的，因为外婆必定还在地里干活。母亲带着我到地里去寻她。外婆见到母亲，心里当然高兴，但她已经习惯把心事藏起来，从来不会喜形于色。母亲远远地叫外婆：“妈！”外婆立起身，“咦，你家来了？”像是母亲刚出门不久。

母亲帮着外婆拎水浇菜，或者用锄头除草。外婆有一搭没一搭地跟母亲说着话。我立在旁边，看蝴蝶在草丛里飞舞，看蚱蜢在菜叶间蹦跶，有时也会用水瓢给菜畦浇水。夕阳打在山岗上，打在母亲兴奋的脸上，打在外婆瘦弱的身躯上。

我们仨扛着锄头、拎着木桶从田野中间往家走。在塘口洗衣服、在田埂上放牛、在井里挑水、在地头拔草的人，纷纷朝我母亲打招呼：“大姑娘回来了？”

他们见了我，并不稀奇，见了我母亲却是很亲热。

母亲在姐妹中是老大。在大司村长辈的眼中，她还是当初的那个“姑娘”；在年青人看来，她还是过去的“大姐”。

五

外婆在世时，母亲回到大司村的次数并不是很多。这是因为她不像父亲那样每次可以从外婆家挑回山芋、南瓜、米之类的粮食，翻山越岭，走过四五十里的路，而且我的哥哥、弟弟、妹妹年龄还小，更需要她在家照顾。外婆有时实在想她，就会在寒暑假时带着我，去我的老家。

外婆去世后，母亲去大司村的次数却越来越多。那时，外婆家的房子已经拆了，宅基地也让给了别人家。母亲去了大司村，要不在小铁头家住下来，要不就在长英大姨娘家住下来，他们家吃什么，她也跟着吃什么。小铁头的父亲比我母亲高一个辈分，母亲叫他“大爷”。小铁头的母亲是个爽直的人，性子急，但对人慷慨又热情。母亲在他们家吃住，从来没觉得不安。

长英大姨娘是外婆的亲侄女，她嫁到大司村，就是外婆做的媒。她的丈夫司有竹是个极其憨厚而又内秀的人，会瓦工手艺，会种西瓜和各种蔬菜。他话很少，但手脚勤快，只要有空，不是在清扫房前屋后，就是到山上扒松毛或者砍杂树。长英大姨娘性子强，她数落有竹的时候，有竹从来不会辩解、反驳，总是嘿嘿地笑。外婆有时看不过去，就会骂长英大姨娘。长英大姨娘的父母很早就去世了，外婆拿她当自己的女儿，长英大姨娘也拿外婆当母亲，从来不会跟外婆还嘴。

有竹姨父六十岁左右就去世了。母亲知道外婆对长英大姨娘的感情，一直拿长英大姨娘当妹妹，隔几个月就去长英大姨娘家看看。每次去，总会在街上买一些肉和鱼带过去。在母亲眼中，这个表妹在丈夫去世后过得很苦，她心里老是放不下，有时还会在临走前把自己省下来的钱摸出来，塞给长英大姨娘。长英大姨娘又会再三推让，但她拗不过我母亲的斥骂，最后只能把钱窝在手心里，眼睛湿哒哒的，跟在我母亲身后，一路走着，把我母亲送到村口，告别时总会留下一句话："大姐，你把身体要照顾好……"

六

母亲去大司村，还有个重要原因：给她死去的父亲和哥哥，也就是我的外公和大舅上坟。外公和大舅的坟落在桃花山的半山腰上。近些年，砍树的人少了，山上的松树和杂草很密实，要是不带一把砍刀开路，很难穿得过去。母亲有时是和小姨娘、小舅约好了同去的，有时是在我哥哥、弟弟的陪同下去的，要是她一个人去上坟，小铁头的父亲或者司家仁一定会陪着她，他们手握砍刀，一路砍去荆棘和杂草，然后站在旁边看我母亲烧纸、磕头，看着她对地下的亲人念念有词："伯伯（父亲）你来收钱啊……大哥你来收钱啊……"烧完了纸，母亲的心里必会难过好一阵子，小铁头的父亲和司家仁似乎也习惯了，他们默不作声，只是悄悄地跟着我母亲往村子里走去。

母亲一直有个心愿：给外公和大舅的坟前立个碑。她有这个想法，一是因为她看到很多别人家的坟前都有碑，而她的父亲和哥哥坟前没有，她心有不甘，虽然老家的亲人一个都不在了，但她还在，她的后人还在，她家的坟不能让外人认为是"无主坟"；二是立个碑之后，我们这些晚辈以后上坟时更容易找到。这种想法在母亲的心中盘桓多久，谁也不知道，但母亲后来终于多方打听到离大司村十来里的地方有一位做碑的石匠，她跑到现场，特地选了最好的大理石，让石匠把我外公和大舅的名字刻好，又把我们全家和小姨娘全家的名字刻上去。石碑运到桃花山的脚下倒是容易，但抬到半山腰太难了，不光有茂密的松树拦住去路，还有杂草和荆棘牵扯人的衣身，更麻烦的是，石碑太沉，足有三四百斤。据母亲后来说，当得知母亲的困难时，大司村的司加元、六二子、六三子等八九个男劳力都去帮忙了，他们折腾大半个上午，终于把石碑抬到我外公和大舅的坟前。

石碑安放好的那天晚上，我接到母亲的电话，电话那头母亲很愉快，她说："我心里的一块石头落地了。"

七

从我老家到大司村，虽然不像过去那样要翻山越岭，但仍然要转换好几趟车，乡村客车的班次并不是很多，有时一趟车漏掉，下一班车就不知道何时来，母亲有时站在路边傻傻地等，遇上雨天或者烈日当头，滋味肯定不好受。最遭罪的，是晕车。路况不好，车况不好，车子稍微晃悠一下，母亲都会吐，何况还那么折腾，那么颠簸。

母亲去一次大司村，回来时必像大病了一场。她每次去，父亲、哥哥、弟弟、弟媳等人都会阻拦，她有时怕给拦住了，就偷偷地出门，上了车子才会打电话告诉父亲。后来怕她一个人在路上遭遇不测，哥哥和弟弟就跟她说，想去大司村没关系，我们陪你去。

哥哥有时开着他的农用车送母亲去，这种车子烧柴油，母亲反而不会晕。弟弟有时打的送她，她反而不适应。有一次，弟弟在路上不停地问她有关大司村的情况，母亲很兴奋，到了下车时，突然冒出一句："咦，今天怪事，怎么没晕车呢？"

母亲老是惦记着大司村，除了那是她的老家，除了那里埋葬着她的父亲和哥哥，除了那里有长英大姨娘之外，还因为她对村里的很多人都有感情，村庄里稍稍上了年纪的人每每看到我母亲来，总会拉着她去家里吃饭，这种亲热劲，甚得母亲的喜欢。特别是对于几位还健在的当年跟外婆比较亲近的老人，母亲提到他们的时候，总会用喜悦的语气说："乖乖隆的咚，他真硬扎，身体好得很，我妈要是在，今年都有一百多岁了。”

那些老人见到我母亲，还会亲热地叫她“大姑娘”，而不是叫她的名字。“大姑娘”这个称呼，母亲也只有在大司村才会听得到。这是八十年前她出生的地方。

近些年，母亲到大司村的次数明显少了，可能与她的身体有关系。人老了，身子骨越发差了，虽然有时想去，毕竟不像以往那样迈开腿就可以去。这是一件很无奈的事情。虽然她去得少了，但只要提到大司村，她的话语立马就会多起来。对于母亲来说，娘家的房子和人早就没了，但那个村庄还在，那个村庄是她永远的娘家。

缺口

宗轩是我小姨娘的儿子，他一直按照我家兄弟三人的排序，分别叫我们“大哥”“二哥”“三哥”，而不是“大表哥”“二表哥”“三表哥”。我们兄弟三人当中，他又和我走得最近，交往最多。

我把他写进书里，是因为他也是我外婆的外孙子，和我一样，跟外婆有着亲密的血缘关系；最重要的是，我外公和大舅死得早，外婆家没有男丁，按照乡下风俗，他被“过继”给我的大舅，我大舅坟前的墓碑上就刻着他的名字，姓司，而不是他本来的姓——胡。这么说来，他也是大司村的“一份子”。

一

宗轩在他家排行老大。实际上，他有个姐姐，但不到一岁的时候，就夭折了。他出生后，他的奶奶对他非常娇惯，长头孙子嘛，不奇怪。他小的时候，我去过他家很多次，没看出他多调皮，也没看出他多老实。他比我小八岁，可能是怕我，不敢跟我多说话，也可能是我瞧不上他，不太愿意跟小孩子说话。总之，我对幼年的他没什么印象。

我开始工作的那年，不知是小姨娘还是母亲说了一句话："把宗轩带去念书吧。"我就把他带上了。

其实，我本想带着妹妹的。那一年，弟弟考上师范，将来有只铁饭碗可捧，我们全家都很高兴。妹妹看在眼里，有些心动，她辍学好几年，小小年纪就开始帮着父母做农活，尝尽苦头，忽然想念书，肯定也是受到"铁饭碗"的诱惑。但后来我还是带了宗轩。妹妹没有因为我带了"别家的人"却没有带她而埋怨。也许，在幼小的她看来，宗轩原本也是我们家的人，把念书的机会让给他这个男孩可能更顺理成章、天经地义。

妹妹再也没能读书，先是一直做农活，后来和妹婿在外打工。倘若我当时带的是妹妹而不是宗轩，他们的命运也可能就此不同。这一点，我从来没跟宗轩说过，他也就无从知道了。

我这样做，一是为了感谢小姨娘曾经给予我的爱，另一方面也是想尽一份哥哥的责任。我们都是苦人家的孩子，没人能帮我们，只有自己帮自己，就像捞月亮的猴子，你拉我我拉你。

好在命运待我们不薄，水中的月亮虽然不可捞，但我们捞到了心中的"月亮"。

二

我工作的那年刚满二十周岁，本来性格就有些急躁，脾气也火爆，又因忙着适应工作和环境，内心更为惶恐、焦虑。宗轩转到我任教的学校时，成绩非常糟糕，几乎没有一门功课及格，学习习惯也差，这让我十分恼火，对他，我除了斥骂，还动手打。我和几个同事有时晚上出去散步，出门前叮嘱他做作业，回来时发现他和另一位同事的弟弟正在把棋盘往床底下塞，我对鬼鬼祟祟的行为最是不能容忍，自然对他就是几巴掌。他还和那个孩子从新华书店“摸”回来一本书，我不由分说，狠狠给他一耳光，然后责令他立即拿着书去书店道歉。

他那时对我实在是怕，听到我的脚步声，就赶忙装成认真读书的样子。我每天让他起早跑步，然后在操场上读书，晚上不允许他在十二点之前睡觉，他困了，趴在桌子上打瞌睡，会突然惊醒，战战兢兢地看着我。我的心里一直有个想法：我们这些乡下最苦人家的孩子，要是有机会念书，不往死里念，岂不是暴殄天物？

我这种粗暴的方式当然也有效果，他的成绩上升很快，第二年的时候就在班级排名前几位，成了“优等生”。

但我忽视了一个远离父母的孩子的心理，对他很少和声细语，他偶尔看我脸色稍好，甚至不知所措。我后来在很长一段时间内反思过去对他的那种方式，很内疚。

他知道我是为他好，即使我对他的惩罚毫无理由，也从不敢像别的小孩子那样解释，更不敢顶嘴。他对我这样的怕，除了因为我的“威严”之外，应该还有另一个原因。

他的父亲我一直称为小舅，那时已开始嗜酒。过去的他勤快、能干，对子女十分疼爱，但染上酒瘾之后，整天浑浑噩噩，不光挣不到什么钱，还要拿着小姨娘辛苦挣来的钱去买酒买菜，铺张地招待来客。他家先是入不敷出，然后是债台高筑。每个新学期开学时，小舅骑着自行车，驮着宗轩从五六十公里外的地方赶到学校。我买来酒，小舅只是“象征性”地喝一点，临走前，会把我的房间打扫得干干净净。我小时候最崇拜他，也对他有些畏惧，但他开始表现出对我的“讨好”，让我有些不自在，我明白他是因为拿不出钱来给儿子做伙食费，心里存有不安。

我的工资只有五十块零五毛，拿到工资后，先买二三十块钱的饭菜票，留下的招待来往的同学、朋友，应付婚丧嫁娶，常常刚过半个月，口袋就空了。学校的会计善解人意，每个月都主动让我去预支下个月的工资，但有时还是周转不过来，我便让宗轩去我老家背来一些米和咸菜，我自己实在不好意思回家向父母伸手。

工作的头一年，裤子的屁股后面磨了个洞，那是我唯一的裤子。同事给我出了个主意：找一块活血止痛膏贴在上面，然后涂上墨水。那条裤子本来是浅绿色的，黑色的“补丁”自然醒目，上课时我常常有意侧转身，不让学生们看见，但这显然是自欺欺人。好在学校后来给我们每人发了件风衣，我出门时就会套上它，风衣的下摆就是一块“遮羞布”。

宗轩跟我读书的两年中，饱尝了我的粗暴，也饱尝了生活的穷酸；他要靠我养活，他对我的畏惧和屈服肯定也与对我实实在在的依附有关。

若干年之后，屈服没有了，但对我的敬畏一直还在，他忘记了我的那些简单和粗暴，记住的是我因他而来的窘迫、困顿以及对他的“拯救”。

三

宗轩跟我读了两年书之后，回原籍参加中考。按照他的成绩，考上县重点中学没有任何问题，但结果不仅令我十分惊讶，也非常愤怒——他只考上了一所普通中学，而且分数很低，勉强过了录取线。那所中学我了解，很多年高考都是“剃光头”，三年后宗轩还能好到哪里去？我气急败坏地跟小姨娘说了一句话：“还让他念什么念，回家养猪去！”

我实在无法想通他为什么会考出那样糟糕的成绩。我问他是不是考试时光顾着抢着交卷出风头，而不考虑是否做完了答卷，不考虑答题是否准确？他以沉默应对，我也就断定这样的猜测是差不离了。

若干年后，我变得稍稍成熟、冷静，做过这样的反思：一个人要是长期处于高压之下，自尊感难免变低，会以一种病态的方式获得“承认”，从这种意义上来说，宗轩是以错误的选择“报复”我当初错误的教育方式。

不出所料，三年后，宗轩高考落榜。我对他心灰意冷。他补习期间，我很少过问，偶尔问到，也是一副十分不满的口气。不久，我离开老家，调到外地的一所中专学校任教。那年，他的妹妹中考落榜，小姨娘和小舅不让她再读，我听到后，立刻打电话，让她到我那里去，再读一年。这样做，一是不忍看到这个女孩子的命运就此被定格，另一方面也有赌气的成分，宗轩我是“捞”不起来了，但我可以尽力“捞”他的妹妹。小姨娘和小舅不太乐意，认为女孩子读来读去，“最后还是别人家的人”，但我的口气和态度非常坚决，他们最终妥协了，由着女儿跟我念了一年。她没有辜负我的努力，最终考取一所幼儿师范学校，后来做了教师。

宗轩好像也是在那一年考取了自费大专，学的是电气。听到这种结果，我自然不太高兴。他在读书的三年期间，好像给我写过信，我有没有给他回信不记得了，但以我当时的脾气，回信的可能性几乎为零。

那三年中，我从父母那里听到有关宗轩的，基本上都是辛酸的事。宗轩和他妹妹考取的虽然不是什么好学校，但在那个山村，也算是一件给家长赚脸面的事。但脸面毕竟是虚的，花钱则是实实在在的。小舅嗜酒如命，小姨娘不会持家，却又十分爱面子，挣的几个钱花出去不算，还欠了一屁股的债。宗轩的妹妹读的是师范，有助学金可以勉强支撑，苦的是宗轩，读的是自费，每年的学费好几千元，都是靠东挪西借，生活费几乎毫无着落，忍冻挨饿是常有的事。

有一次，他实在是没钱，回家找父母无疑是白跑一趟，想到了唯一可以求助的对象——我的父母。他用仅有的几块钱坐了一段路程的车子，然后开始步行，一路饿着肚子，走了好几十公里，待走到我家，天已漆黑，他推开门，母亲一眼瞥见他，吓坏了，“哪像个人啊！”——母亲说。父母也没什么钱，但母亲擦干怜爱的泪水，当即出了门，从别人家借来一些钱，给他做学费和生活费。

穷困就曾这般给他以迎头痛击。我想过很多次：宗轩在日后短暂的人生中表现得那么坚强和阳光，他把委屈藏在了哪里？我当初对他的粗暴，穷困家庭带给他的无助和羞辱，难道仅是擦破的皮，痊愈之后了无痕迹吗？

当然不可能。那么重的伤害怎么可能轻易消失，只是他从来不说而已；即使暂时忘了疼痛，一不小心碰到的时候，又会痛彻心扉，但他依然闭口不言。

四

宗轩毕业后，应聘到江苏江都县的一家企业，有了薪水，单位还提供宿舍，不用再为吃住发愁，看起来生活好转了，其实过得并不比在学校时轻松多少。单位隔三差五让他提供毕业证，他拿不出来，因为他还拖欠学校的学费，毕业证被扣了。起初的解释，尚能让领导相信，但时间拖长了，别人难免怀疑。受人怀疑无疑是件耻辱的事，但随贫穷而至的耻辱总会如影随形，他即使不屈服，又有什么办法。为了多挣一份钱，他四处打听，看谁家的孩子需要家教。就这样，他白天在单位上班，晚上骑着自行车，上门帮人家辅导孩子功课。

他那时只跟我说了新单位的领导对他如何如何的好，他又是怎么样辅导人家的孩子，每份家教又能得到多少钱，至于毕业证被扣押的事，则是他在若干年以后当作笑话说给我听的。

但他心有不甘，总想过得更好，先后到过无锡、上海、昆山，收入越来越高，又借了些钱，在昆山买了套 90 平方米的房子。二○○六年春天，我和朋友陆胖子去上海的长兴岛玩，回来时路过苏州，离昆山很近，给宗轩打电话，问他在哪，他说正在深圳出差，让我一定要去他家玩，他马上赶回来，并告诉我他的妈妈——我的小姨娘——正在他家。第二天他真赶回来了。那是我第一次看到他的妻子和活泼可爱的女儿，也看到了很久不见的小姨娘。

那几年中，我经常接到宗轩的电话，有时是他在出差途中打来的，有时是他晚上在办公室加班时打的。除了对我的问候之外，说的几乎都是“逗”我开心的事情——工资加了；老板对他很看重；同事对他很友好；有很多出差机会，不仅可以到处看看，还可以得到不菲的补助……再后来，他又被一家猎头公司看中，到了苏州的一家外企，世界五百强，收入更多，工作环境也更好。接到他的电话大多是清晨或傍晚，他正在从昆山赶往苏州上班的路上，或是从苏州往回赶，真正的披星戴月。但他从没说过

岁月沧桑

夕阳山外山

辛苦，反而有些得意地跟我说，早晚等车的时候正好可以背背英语单词，独自练练口语。那家公司的一位副总后来曾跟我说，宗轩的英语相当流利。想来，宗轩在学英语方面付出了相当大的努力。

过了两年，他在苏州买下了一套更大的房子，妻子和女儿也都搬了过来，他才免除了每天来回奔波之苦。

一切似乎表明，生活正在向他露出温柔的面孔。

五

二○○八年夏天，北京举办奥运会，因为不少场馆使用了宗轩所在公司生产的设备，他被派去负责后期保障。九月，我和妻子送女儿去大连上学，那几天，他每天都要打几个电话，反复劝我们去北京玩，我再三推辞，但他盛情依旧，后来又自作主张，给我们订了返程的机票，“逼迫”我们退了买好的火车票，改去北京。当晚，他请我们在一家非常有名的烤鸭店吃饭，我因为太高兴，喝了六七两二锅头，回宾馆时，踉踉跄跄。

第二天他陪我们去北海公园和故宫。去故宫的时候，他买了两张票，对我们说，他去过了，不再进去了，就在门口等我们。我后来想，他不一定进去过，他对别人很大方，但让他自己花那一百多块钱还是舍不得。晚上，他带我们去了王府井，吃了狗不理包子，还尝了其他小吃。第三天，他又买了票，带我们进鸟巢，看了一场残奥会的比赛。

二〇〇九年秋天，他来过安庆一次。他们公司给安庆石化提供的设备出了故障，本来应该由其他人来处理，但他主动跟领导说安庆有亲戚，由他来更合适。其实，他到这里更主要的是想看看我。那天正下着雨，我远远地看见他拖着个拉杆箱，在雨中冻得瑟瑟发抖的样子，一点也不像他平时跟我描述的那样轻松、体面。我带着他，正好遇到了一个朋友，很顺利地给他解决了问题，他很开心，要给我朋友买点东西表示感谢，我一再说不需要，但他很固执，说是不能让我欠人情，我只好依了他。

那一次，我也证实了自己的判断——他从来不会跟我说他的辛苦和困难，只会说他的光鲜，真正的“报喜不报忧”。他这样做无外乎两个原因：一，不想让我为他担忧；二，本是在苦水里泡大的，受惯了冷眼、冷淡，再多受点，也不算啥，不值一提。

六

苦难和屈辱是生活土壤之一种，会生出恶之花，也会结出善之果。宗轩活得卑微、艰辛，但他自懂事以后，一直在挣扎、努力，不光试图给家人的生活带来改变，也想回报曾经给过他哪怕一丁点儿温暖和恩惠的人。

作为长子，宗轩一直让他的父母引以为傲，而他平时的隐忍和光鲜的假象，也让他的父母误认为他“很有本事”。在身处异乡、独自打拼的十几年中，他不光白手起家，还要替父母偿还债务，替弟妹们分忧解难。他就像拉着沉重的车子爬坡的牲畜，步履蹒跚，却不吭一声。

除了家人，他的心中还要放许多人，在他看来，这些人对他都有恩情，不能忘却。他的一位堂哥前几年得了癌症，他知道后非常难过，几次去上海看望他，帮他找医生，因为这位堂哥曾在他读书期间借钱给他们家。每年春节回家时，他都会去看一位远房亲戚，带上酒和糕点，因为那位长辈在他读书时关心过他。

他对我的父母，比我还关心，隔三差五打电话，还给他们寄钱。我的父亲眼睛不好，他到处打听医院。对我的哥哥、弟弟、妹妹，还有几位侄儿，他也都一一关心。我女儿在大连读书期间，他两次出差去那里，都买些女孩子喜欢的零食带到学校，然后请她吃饭，让她“不要考虑钱，尽管点喜欢吃的菜”，临走时，还把钱塞在零食的袋子里，待坐上车子时再告诉她。二〇一二年春节，我女儿刚参加完研究生考试，信心不足，但他一再说“肯定行”，他可能出于鼓励，但更多的肯定是出于期望。

一个人有那么多人和事都要放在心中，该是多么累。一个人要是总想回报这个人、关心那个人，又怎么不疏忽自己？

七

得知宗轩去世的噩耗，是二〇一二年正月十六凌晨两点左右。我穿衣起床，一直独自在客厅里坐着，不知道该干什么。

天刚亮，我就赶到车站，往苏州赶。早上的风很大，夹着雨。在南京转车时，也是风雨交加。到了苏州，雨还没停。赶到宗轩家的时候，哥哥、弟弟和妹婿已经在那儿了，他们像木鸡一样呆坐着。小姨娘的号啕声撕心裂肺，能把屋顶掀翻。

我什么也没问。十来天之前才见的面，他怎么就突然没了呢？

此前的十来天，宗轩带着他的妻女，还有两个妹妹，赶到我的和县老家，给我父母拜年，晚上我和宗轩睡在同一张床上。我因为喝了不少酒，睡得很沉。第二天早上，宗轩先起床，把我脚边的被子拽了拽，盖好，转身倒来一杯水，放在床头，然后悄悄下了楼。

吃完早饭，他们一家子就要走了，宗轩发动车子，突然又下车，对我说："二哥，我陪你到大司村去看一下，很方便的。"宗轩常看我在博客里写的"大司村记事"，偶尔留言，有时还打电话跟我说感受，他知道大司村在我心中的分量。

我跟宗轩说，你们走吧，路上小心点，我下次再去。他看看我，大概觉得我语气坚定，便没有再劝，掉转车头，挥挥手，走了。

我再见到"他"时，已是一张遗像，立在一张桌子上，很明朗地笑着，有几分羞涩。"他"的面前是几炷香，细细的烟绕来绕去，似魂灵不散，不忍离开。

在苏州的那半个月，天气始终阴冷，寒雨淅沥。我们一帮人几乎都不说话，每天默默地吃饭，默默地做事，默默地流泪，或看着别人流泪、痛哭。

大哥更是少言寡语。有一天晚上，他突然当着众人面冒出一句话：“宗轩没死，你们要是不相信，我带你们去殡仪馆，保证他还活着。”大哥说的是当然是胡话，但这样糊涂的念头在我的脑中也闪现过好几回，只是我没有说出来而已，我们都不相信也不愿相信——宗轩真的死了。

弟弟后来在QQ空间里写过一句话：“宗轩，愿我们来世还做兄弟。”

“来世做兄弟”不过是一种自我安慰。人生一场，一个人走了，就再也没有了，就像一块石头被敲掉一块，缺口永远在那里。

八

包括我在内的十几个亲戚都窝在宗轩家里。大家整天混混沌沌、恍恍惚惚。领导来了，同事来了，我们千恩万谢，表达诉求。所有人当中，二姨娘和我是“见过最多世面的人”。我们要安抚别人的情绪，要和公司沟通，还要和一些部门打交道。我和二姨娘往公司去了四五趟，整理宗轩的遗物，跟领导们沟通保险、工伤的事。我每天不停地打电话、发信息，询问我能想到的可能与那里有关系的朋友，看他们是否能帮上忙。市司法局的一位朋友帮我通过安徽省司法厅找到了江苏省司法厅，再找到宗轩生前所在区的司法局公证处，让他们在财产过户时给予方便。一位老大姐和朋友老曹又找到各自在苏州的朋友，请他们帮我联系苏州市社保局。我独自在一个陌生的城市里穿梭，跟陌生的人慢慢解释、真诚恳求。

我们在苏州待了十五天。我从没想到，我会在一个陌生的城市里，和哥哥、弟弟，还有多年没见的亲戚待那么长时间。这也是我工作之后近三十年来，和哥哥、弟弟在一起待得最久的一次。这一切，是因为宗轩之死。

每天晚上，我们往宾馆去，第二天早上又往家里赶。来回的路上，大哥总是搀着宗轩的大妹妹，她本来身体就不太好，过度的悲伤和疲劳，让她连脚也提不起来。有天晚上，弟弟突然对我说，去吃点夜宵吧。他其实是想让我们喝点酒，而他自己几乎是喝不了酒的。我们在宾馆旁的一家饭店默默地喝酒，不知道该说些什么。那一晚，大概是我那些天中睡得最好的一个晚上。

九

宗轩火化的那天上午，我带着他的两个妹婿提前去殡仪馆。我在太平间里盯着他看了很久，然后大步走出来，在一旁抽烟。他的两个妹婿陪同火化工把他抬放在一辆小车上，往吊唁室里推，我们将在那里和他告别。

火化后，我们把他的骨灰送回老家。那天很冷，路边的沟渠里结着薄冰，山坡上的风像针一样，刺穿棉衣，往人的骨头缝里扎。我蜷缩在一块大石头后面，避着风，看一群人在不远处慢慢地挖坑，然后把那个小小的盒子放进砌好的池子里。

那天我一直有颤抖的感觉，不知道是不是天气太冷的缘故。

吃完中饭，我和哥哥、嫂子、弟弟、弟媳等人在村口分手，然后一个人沿着公路走，走到山坡边上的时候，我立在那里，遥望宗轩的墓地。

从故乡的尘土里走出去的宗轩，在异乡的尘土里奋斗了若干年后，就这样归于故乡的尘土。我想来想去，只想到一个硬邦邦的词——命。

十

宗轩去世的消息我们对父母瞒了很长时间，但父亲还是知道了，他打电话质问我："你瞒我就瞒得住吗？他是怎么死的？"

父亲在忍受煎熬的同时，还要防着母亲知道。在母亲心里，宗轩是她最小的儿子。但过了几个月，母亲去大司村，一位亲戚不小心说漏了嘴，她马上看出我母亲脸色不对劲，赶紧想收回话，但我母亲已经倒在地上，晕了过去。

至今，我们在父母面前都小心翼翼地不提宗轩的名字，宗轩是我父母心头的痛，也是我们兄弟心头的痛。

麻木

小姨娘出嫁之前的好几天，我就被送到外婆家，准备“接班”——代替小姨娘陪伴外婆。

正是冬季。小姨娘出嫁的头天晚上，外婆从卧室转到堂屋，又转到厨房，这里挪挪，那里摸摸。小姨娘呢，手里握着一块抹布，从锅台到床沿到桌椅板凳，一遍遍地抹。我想不明白，锅台、桌椅真的那么脏吗？为什么要抹那么多遍？外婆到底在摸啥呢？

大半夜的时候，我被哭声惊醒，是小姨娘在哭，头埋在被子里的那种哭。外婆一点声音也没有，好像根本没听到哭声似的。她和小姨娘睡在床那头，小姨娘的哭声就在她耳边响啊。

我再次醒来的时候，鸡笼里的鸡在叫。小姨娘的哭声像没关紧的水龙头，仍在“滴”。有亮光慢慢地从窗口漏进来。又过了一会，门口的巷子有脚步声，有说话声，有鞭炮声。接亲的人到了。照乡下的规矩，他们要在门口等着我小姨娘从家里走出去，然后把她带走。

外婆和小姨娘起床后，我也跟着起了床。小姨娘洗脸、梳辫子，外婆让我给灶膛加火，她拿出三个鸡蛋，敲碎，煮好后，盛起，放了点白糖，然后端给小姨娘。小姨娘没有吃，她把碗放在桌子上，呆呆地坐在桌子跟前，不停地抹眼泪，就像她头天晚上不停地抹桌子一样。

外婆走到房间去了，房间里一点声音也没有，不知道她在做啥。过了好一会儿，她走了出来，看着桌子上的碗，对小姨娘说："把鸡蛋吃了。"这是我那天早上听到外婆说过的唯一的一句话。

小姨娘端起了碗，并没有吃，而是把碗递给我，我侧转身，把鸡蛋吃了下去。

门打开了。一些人在门口招呼外婆。小姨娘起身，用毛巾洗脸，然后走了出去。鞭炮声再次炸响。几个邻居也赶过来，送我小姨娘。小姨娘跟他们打着招呼，露着笑，刚笑了一点点，又突然哭了。她回头看了一眼我，看了一眼外婆，跟着接亲的人，朝村外走去。

小姨娘是空着肚子上路的。好像也没有一件像样的嫁妆。我和外婆是仅有的两个送亲的人。按乡下的规矩，女儿出嫁时，母亲是不会陪着过去的，但我外婆顾不得那些规矩了，家中只剩下她和我两个人，她要是不送，谁送呢？

我们慢慢地走，走过村庄，走过一条条田埂，走过一个又一个村庄，看到了一条河……一路上，我没看到外婆流眼泪。

我和她一起生活了十几年，很多时候觉得她该流眼泪，可是她没有。她的至亲——我的外公、我的大舅——早就死了，她的眼泪也许已经流干了。

小姨娘的新家在一处坡地上，房前房后各有个院子，里面挤满了人。有讨喜糖的，有帮忙的，有来道喜的。村子里家家户户做鞭炮，鞭炮不是稀罕物，不停地炸，不停地响。外婆和小姨娘的婆婆在厨房边上说话。我跟着小姨娘守在她的新房里，看新床，看大红的新被子，看梳妆台，它们颜色鲜亮，和外婆家灰暗的床、桌子不大一样。我还注意到梳妆台边上有一扇对开的玻璃窗，边框上的红漆油亮亮的，而外婆家的窗子是土墙上挖的一个洞，离地面有两米高，傍晚的时候，外婆会用一根长长的叉子戳着一个草团塞在里面，挡风，挡虫子。

小姨娘看我东张西望，拿了几颗糖果塞到我手里，说，你以后要听家婆的话，不能淘气。我把糖果塞进嘴巴里，没说话，也没点头。小姨娘又说，家婆一个孤寡老人，很可怜，你要是淘气，人家笑话她，她就更伤心了。我太小，只有五岁，自然不明白她说的道理。其实，在之后的很多年中，我做过很多错事，给外婆惹过很多麻烦，有时引得她坐在门槛上不停地叹气。

大概一年之后，小姨娘生了个孩子，女孩，胖乎乎的，我不停地摸着她的小手，摸着她的脸。但小姨娘好像高兴不起来，她指着小孩的脚踝说，这里有个包，不晓得小孩子疼不疼。外婆用手摸摸，也说不清怎么回事。她问小姨娘，有没有请成初看？

他怎么说的？成初是我小姨父的哥哥，在公社卫生院当医生，是我外婆和小姨娘心目中的“神医”，他要是说没事，自然就没事了。但小姨娘的回答是：“他看过了，恐怕是瘤。”

外婆一惊：“怎么会是瘤？”

小姨娘也说不清楚为什么会是瘤。几个月之后的一个傍晚，她又回来了，一个人回来的。她从口袋里掏出几颗糖果给我之后，就独自走到房子边上的巷口去了。那天我看到她，就像见到我的母亲一样，心里本来很高兴，但发现她对我不像以往那样亲热，又有些失望。我一开始还以为她上厕所去了，但等了好长时间也没见她回来，便跟到巷口那里，看她正在和小铁头的奶奶说话，一边说一边擦眼泪，我站在旁边听了一会，终于明白她几个月大的女儿死了。

我对死亡意味着什么还不大明白，但我知道以后再也摸不到那个小孩胖乎乎的的手，摸不到她肥嘟嘟的小脸了。我侧过脸，看见菜园子边的榆树上开着许许多多碎小的白花，听见好多鸟在青青的竹林间碎碎的叫声。正是春天。小姨娘的第一个孩子埋在了春天里。

小铁头的奶奶陪着我小姨娘抹了一会儿眼泪，说着安慰的话。我忽然看见小姨娘用手背抹了抹眼睛，换成一副非常难看的笑脸，转身一看，外婆正从巷口那边走过来。

小姨娘跟小铁头的奶奶招呼了一声，搀着我，往家走。

到家后，外婆问：“成典怎么没来？”小姨娘说：“他上山砍树去了。”

“伢子呢？没带来？”外婆又问。

小姨娘的嘴唇哆嗦着，哆嗦着，终于没忍住，嘴巴一张，一声大哭喷薄而出。

外婆好像啥都明白了。她没理会小姨娘，而是径直往家走，把中午的剩饭倒在锅里，加了一大瓢水，而后安静地坐在灶膛口，往里面添柴火。

柴火发出哔哔剥剥的声音，红光映照着外婆老旧的脸，锅里的泡饭咕噜咕噜地沸腾着。屋外，天色渐渐地暗下来，小姨娘还蹲在屋外的地上，埋着头，哭声越来越低，像是一个人的孤独吟唱，唱给自己听，唱给暮色听。

那天晚上，还是我把小姨娘拉进了屋里，她和外婆各吃了一碗泡饭，就默默地睡下了。我没听到外婆和她说一句话，也没听到她跟外婆说一句话，我也没说话。我们三个人都像哑巴一样闭着嘴，静静地躺在床上，等着睡意袭来，等着身子融进浓厚的夜色……

小姨娘的第一个孩子死了以后，她又生育了四个孩子。四个孩子中，只有大儿子宗轩上了大学，后来在苏州买了房，成了家，生了孩子，他像我的小姨娘一样，把别人对他芝麻大的恩情看作馒头那么大，他像只蜗牛，从地上慢慢往树上爬，想爬到树梢，多摘几个果子，给他辛苦了大半辈子的父母，给他的妻女，给那些有恩于他的人，但啪的一声掉到地上——猝然离世了。

那是二〇一二年的春天，苏州正在下雨，阴冷的雨和小姨娘天崩地裂般的哭声裹在一起，一阵阵响起，我没有安慰她，也没有制止她，我知道有些哭声是挡不住的，不如让它泄出去。我就那样听着，听到后来，竟有些麻木了。

不知道这种麻木和我外婆当初的麻木是不是一样。

外婆，安好

我曾经最想跟外婆说的一句话就是“外婆，晚安”，可我一直没说出口。外婆去世的时候，我想着，这样也好，她终于不会再夜不能寐，终于可以安息了。

外婆是在我和县老家的屋子里咽下最后一口气的。她后来被葬在村子的最东边，那是我家的一块宅基地。按理说，外婆应该被葬在大司村背后的桃花山上，那里埋着我的外公和大舅，但母亲想来想去，还是决定把外婆葬在自己的身边。这样做，原因很简单：她可以随时去看外婆，把外婆的坟照顾得更好。

母亲有没有在外婆临终前问过她对身后事的意愿，我不知道。但我推测，如果外婆希望在身后回到桃花山，她一定会给我母亲提出来；如果没提出来，那她应该能够想到会被葬在我老家那里，因为她知道我们全家都舍不得她离开。也许外婆在心里也矛盾过，一边是她思念了几十年的亡夫、爱子，一边是她放心不下的女儿、女婿，还有外孙、外孙女，她到底该魂归何处?

外婆落葬的最初几年，母亲常会独自跑到坟前哭。父亲、哥哥、弟弟和妹妹都曾去找过母亲，他们陪着她默默流泪，然后擦干泪水，把母亲搀回家。

谁也无法想象母亲心中的哀伤和疼痛。经历了太多苦难的母亲在想起经历更多苦难的外婆时，内心一定五味杂陈、无法言说。

外婆去世半年后，我离开了老家的中学，调到三百公里外的一个地方教书。此后，无数个暗夜里，在灯下，在床上，我一次又一次想起外婆瘦小的身影，想起她头上长年裹着的黑黑的头巾，想起她枯瘦的手，想起她沟壑纵横的脸；也曾在落日余晖下，在夜半的月光下，眺望老家的方向，用目光遥祭外婆的亡魂。我后来实在憋不住，开始在纸上写。我发表的第一篇文字，就是关于外婆的。

外婆的生日我不知道，但我清晰地记得她的忌日：一九九一年六月十九日。她死去的时候，虚岁七十四岁。

一

那时，我在和县县城教书。

上午，上完一节课后，我走出教室，忽然看到妹婿应生在门口等我。他说，二哥，家婆怕是不行了，你赶快回家。我放下书，和他往车站跑。坐上车子，一个多小时后，我们到家了。

外婆不是躺，而是坐在床上；不是靠，而是趴在一条小凳子上。她晚年哮喘严重，心脏也不好，全身浮肿，没走几步，就会接不上气。一旦躺下，就喘得更厉害。她临死之前的几天，无法睡倒，也无法靠着，母亲便把一条小板凳放在床上，让外婆趴在上面。

我走到床边的时候，母亲双手撑着床沿，俯在外婆的耳边，说："妈，强子回来了。"外婆抬起头，望了我一眼，凹陷的眼窝里布满血丝，像是和病魔打红了眼。那眼神，我至今也忘不了——实在是太毒了，像是要把我的模样剐到她的眼睛里去。

我爬上床，坐在她的身边，一只手握住她的手，另一只手轻轻摸着她的背。她已经说不出话来，只有细细的呻吟声。她该是实在受不了了，不然绝对不会哼哼。她一生受了那么多的苦，从来没流过泪。她瘦小身躯里的每根骨头都是铁硬铁硬的。

母亲坐在边上，小姨娘也坐在边上，父亲、小舅还有哥哥、弟弟、妹妹也在屋子里，他们走来走去，六神无主。所有的人都知道，我们将眼睁睁地看着外婆像一盏枯灯一样，熬尽最后一滴油，倏然熄灭。

我就那样握着外婆的手，不停地摸着她的背。大约过了半个小时，外婆抬起头，示意我把她的头放下，我慢慢地托着她的头，放在枕头上。刚放下，外婆的脚蹬了一下，然后就紧紧地闭上了眼睛。

母亲接连叫了几声"妈"，外婆没有一点反应，小舅拿来一小团棉絮，放在外婆的鼻子前，那细细的棉丝纹丝不动……

二

外婆闭上眼睛之后，母亲赶忙出去找木匠做棺材。小姨娘在床前给外婆换衣服、擦洗身子，她把外婆身上的那件黑褂子脱下来时，从里面摸出了几张叠得板板实实的纸钞，由一根橡皮筋紧紧勒着，一共二十来块。那点钱可能是我弟弟工作后“孝敬”外婆的，也可能是我的那位小名叫“老虎”的表叔，或者是其他人零零碎碎给她的。那也是外婆最后的“财产”。

小姨娘把钱分成了两份，一份她自己留下，还有一份递到了我母亲的手上。小姨娘并不是看重钱的人，按她的性格，是不会要那个钱的，她和我母亲分“遗产”，更多的是“象征”，是要让我们两家子能继承外婆留给我们的“福分”。

三

六月的天很闷热。外婆躺在刚做成的棺材里。我清晰地记得她早在二十多年前就给自己准备好了做棺材的木料——一块块锯成长方形的松树板。别人家的老人“急不可耐”地把木材做成了棺材，但外婆没有。她可能是担心年幼的我看到棺材害怕，那些木材也就一直码放在床头。

后来，那些木材并没有做成棺材，而是被我的父亲运回家，做成了柜子。

外婆晚年到我家，父母没有按农村风俗，给她预做一副棺材，大概潜意识里不忍心那样做，直到她咽气后，父母才找来木匠，加紧做了一副棺材。

我和哥哥、弟弟三个人在灯下给外婆守灵。屋子的前门和后门都是敞开的。照乡下的说法，亡者的魂灵三天内是不会散的，外婆的魂灵还在，我们要把门开着，让她无论是从前门还是后门，都能找到家。

我们轮流在棺材边上烧纸。棺材的盖还没有盖上，外婆的脸被一张黄表纸覆盖着。我好几次想掀开那张草纸，看看外婆的脸，又怕冒犯她。我拿来一把蒲扇，在棺材的上方不停地扇，我怕外婆热，怕有蚊虫叮咬她。

母亲虽然很悲伤，但她还保持着惯有的冷静和清醒。她挨家挨户招呼，说她母亲的棺材要经过各家的门前，打搅大家，请多包涵。外婆是“异乡人”，算是客死。母亲那样招呼，也是尽礼数。村中多是善良的人家，有的还曾在生前接受过我外婆的恩惠，他们见我母亲哀戚的神情，也都送来安慰的话。出殡的那天，外婆的灵柩经过各家门口时，户主们都立在门口，燃起鞭炮，给我外婆送行。那也是村子里的人对一位异乡老人的最高礼遇。

大司村的一些人也赶来送别。我的父母，小姨娘和小舅，我的哥哥、弟弟和妹妹，还有我刚满三岁的大侄儿——真正的四代人，都在送葬的队列中。我们家是做鞭炮的。那天，碗口粗的爆竹，比筷子细的鞭炮，从我们家门口，一直炸到村东边的坟地。母亲说，家婆生前可怜，要让她死后热热闹闹，让她不比那些有儿有孙的人冷清。

坑挖好了。小舅跳了下去。外婆没有儿子，小舅作为“儿子”，在坑里躺了一下，算是“暖坑”。他爬上来后，鞭炮炸响了，外婆的灵柩缓缓落入坑里。从此，她安息于我父母和兄弟的目光之中。而我在他乡，只能在心里默想她的面容，遥想她对我的如山恩情。

四

外婆生前是孤寡老人，按照生产队的规定，完全可以像同村的瞎子老太那样，享受“五保”待遇——口粮由生产队供给，自己不需要做一丁点农活。但瞎子老太终生未嫁，没有子嗣，她只要自己能活命就够了，而我外婆从地里刨食，不是为她自己，而是为了她女儿家，更确切地说，为了我，为了我的哥哥、弟弟，还有后来出生的妹妹。外公和舅舅都是饿死的，这成了外婆心头一直挥之不去的疼痛，也成了她挥之不去的夜半噩梦——我有时在深夜里醒来，常会听到外婆在床那头轻轻地叹息，不难猜到，那是外婆被噩梦惊扰后，在为我们家的几个孩子深深地忧虑。

我曾经多次试着回忆外婆生前劳作的细节，但脑中似乎一片空白，能想起的多是那些“大写意”的场景：她要么是在村东头或村西头的山地里独自刨挖；要么在生产队的水田里弓腰曲背地插秧、割稻；要么是在窄窄的田埂上，挑着湿漉漉的稻子，踉踉跄跄地行走。夏日午后，烈日烘烤着树木、尘土，地上的灰像灶膛里的余烬一样滚烫，知了一声接一声，很不耐烦地叫着，别人都在屋里的凉床上或者铺在巷口的草席上睡觉，而我的外婆光着脚，踮着脚尖，在山地那边除草、翻土，她那件黑褂子的背后总是一块又一块白色的汗渍。

外婆永远是村里最勤快的人，也是村里最“硬朗”的人。太阳晒不晕她，风刮不倒她，雨淋不坏她。她不晓得累，也不晓得生病。她除了睡觉，回家后匆匆扒完一碗饭（有时甚至让我把饭拎到地头给她吃），所有的时间差不多都是在田间地头，似乎那几小块山地可以长出金长出银，她只要没日没夜侍弄，就会长出吃不完的粮食。

外婆在村中的辈分很低，一些小孩子也比她的辈分长，但无论是比她大十几二十几岁的老人，还是十来岁的小孩，无一例外地都叫她“胡大姐”。这一称呼饱含了他们对我外婆的敬意。

有一年冬天农闲，家家户户都要派一个劳力，到七八十里外的一个圩区修河坝。队长司有早跟我外婆说，胡大姐，修坝埂是男人的事，你就不要去了，在家和老人们抹抹纸牌，好好歇歇。司有早是好心人，他在安排农活时总会给我外婆照顾一点，但我外婆这回并没领情，她好不容易遇到个农闲时能挣工分的机会，哪舍得不要呢。司有早见我外婆那么倔强，叹了一口气，说，你这把老骨头真是贱，拼死拼活挣那么多工分做什么？带到棺材里去啊？

司有早的嘴巴一向比较“毒”，外婆也没生他的气。她把扁担和筐子找出来，把铁锹放进筐子里，跟着村里的男人们上路了。那一次，外婆在远离大司村的一个陌生地方出现时，她瘦小的身子夹在一大群男人中，有没有人对她戳戳点点？那是一个男人的世界，一位老妇人，吃喝倒也罢了，拉、撒、睡，又有多少不便？

我之所以一直到现在都没忘掉这件事，是因为我在独自熬过很多天之后，终于在那条外婆回来时必经的小道上，看到了外婆的身影，她挑着筐子，在一大群男人中显得那么矮小。我跑过去时，外婆俯身从筐子里拿起一个布包，打开看，里面是一块面包，是从乘坐的火车上买的。

那是我此生吃的第一块面包，裹着外婆的汗味，裹着尘土，也裹着异乡的风霜。它虽然很凉，但很香，很香。

五

外婆最高兴也最发愁的时候是年终，因为生产队要分红了。整个村子差不多家家户户都超支，能分到“红”的除了我外婆，只有极少数的人家。

外婆能分到红，有两个原因：一是她的户口本上只有她一个人，她每年从生产队里分到的粮食也是一个人的，不像其他人头多的人家会超支；二是她虽然拿的工分没有男劳力的多，但她从不缺工，上山砍柴或者下地挑稻谷，虽没有别人挑得多，但她腿脚快，能比别人多挑一两趟，挣的工分也就不比人家少太多。年终分红时，外婆最多的时候曾拿过一百多块钱。

但让外婆焦虑的是，那些钱她很少能拿到手，最多的时候，也不过三四十块钱。

临分红的前几天晚上，外婆家总会来好几拨人，司有早就是其中一位。他说的还是跟上一年一样的话："胡大姐，你今年还要帮我先垫一点钱。"他家人口多，超支是必然的，向生产队还账又是不可能的，每一年我外婆都是他求助的第一人选。外婆心中肯定是不太愿意，但她从来不会拒绝。在分红现场，外婆替好几家垫了钱，又有一户人家要让外婆垫，外婆实在有些为难，只好说，不能垫那么多了，我大丫头家也超支，我还要帮她还债呢。

大丫头，就是我母亲。

外婆拿到手的那几十块钱，先是用布包紧，藏在房间的一个坛子下面。几天后的一个早晨，她从坛子底下摸出钱，揣在裤腰带里，带着我上路了。她挑着两只稻箩，一头是她和我平时省下来的米，一头是她做的山芋干。池塘里结了冰，田埂上有厚厚的霜，外婆的嘴巴里呼着热气，喘气声也越来越急。我们翻过西塔山，走完二十多里的山路，就到了陶厂镇。这时，外婆会给我买一个麻饼、一杯茶水，我再吃一根早上煮熟的山芋，而外婆蹲在路边，只吃了一根从家里带来的山芋。

过了陶厂镇，就是和县境内了。我的腿虽然有些酸，但心情越来越好。坐上小划子过牛屯河的时候，心情就更好了，因为对岸就是功桥镇，离我家只有四五里路。我赶到外婆的前面领路，有时会很幸运地在街上碰到老家村庄上的人。他们见到我外婆，露出惊讶的神情，“咦，家婆来了！”然后接过我外婆肩上的担子。

那人挑着担子大步朝我家走去，老远就喊：“先梅，声传，家婆来了！”

那些年，我和外婆在那条几十里的路上来来回回不知多少趟。我们从大司村挑出去的有稻子、米、山芋、山芋干、香油，南瓜、冬瓜……我的父亲也不知来来回回多少趟，他每次挑着一副空稻箩来，然后挑着满满的两稻箩回家。那一担担沉沉的稻箩加起来到底有多重，我们全家谁也说不清楚。

外婆的身子本就瘦小，临死前被病魔折磨得只剩下骨头。她这一生，是被我们全家“榨”干的，或者说是被她自己“挤”干的，我们“榨”她也好，她自己“挤”自己也好，在她看来，都是天经地义的事。她一生似乎就是在为我们而活。

我甚至想过，如果她身上的骨头能给我们做柴火取暖或者做一顿饭，她一定会二话不说，任我们拿去点着。

六

一九八〇年夏天，我参加中考。全校两个班，十二个人考取了高中，我是其中之一。外婆当然高兴，但有一天晚上，我听到她小声嘀咕一句：“矮胯子的大伯到哪都吹，说他考了第一……”外婆说的“矮胯子”和我同村、同班，我的成绩和他不相上下，但中考时没他考得好，外婆听到别人“吹”，虽然没有责怪我的意思，但心中的不甘显而易见。

我的心里也有不甘。村里包括我在内，共有三个人在同一年级，我们之间一直暗暗较劲，从初中开始，一直到后来的高考。我们不知道天有多大，只晓得盯着身边的对手。外婆更不知道天有多大，她虽然从来没在口头上要求我始终考第一，但我要是考了第一，能感觉到她的开心；有时我没拿到第一，她马上会问另外两个人考了多少分，如果他们的分数没我高，她的心里肯定要好受些。

我开始明白一些事理了——外婆把我视为她的最大希望，她一个孤寡老人又难免受到别人的欺负，我也该替她争一口气。

我们十二个人中，没有一个考上县城的重点中学，上的都是同一所普通高中——陶厂中学。陶厂是个小镇，每次我从老家来回，都要经过那里，对它很熟悉，也有几分亲切感。开学的那天，外婆和我起了大早，她挑着被子、衣服和其他日用品，我则挑着几十斤米，走过十几里的山地，翻过西塔山，到达陶厂中学时，已接近中午。

外婆帮我把行李在寝室里安顿好，没有回她自己的家，而是要去我的家——从陶厂到我的和县老家方便得多，要省下大半的路程。

我把外婆送到了学校前面的河埂上。过去都是外婆送我，而这次是我送她。河埂很长很长，路边长满了半人高的蒿草，我立在那里，看外婆肩上扛着两根扁担，她瘦小的身子慢慢远了，然后没了。

那一年我虚岁十四岁。从虚岁五岁时到外婆家，我和她在一起生活了九年。九年中，除了她偶尔去小姨娘家，除了有一年冬天她去修江堤，我们很少分开过。但从这一年的九月开始，我和外婆要相隔很久才能见一次面。

外婆在我的和县老家待了几天就回到了大司村。她推开家门的时候，屋子里只有她一个人；她晚上躺在床上，床那头也是空空的；她吃饭的时候，只需要拿出一只碗……她把我养大了，我就离开了她，她又成孤零零的一个人。

我在新学校有些不习惯。待了两周之后，就和同村的另外两个同学一道，回到大司村。本来从陶厂到我的和县老家不需要翻山，更近更方便，但我没有到父母那里去，而是到了外婆家，因为我对外婆更为亲近，更为依赖。

晚上，我又像往常一样，和外婆坐在小桌子边上吃饭；我们还像往常一样，不大说话。吃完之后，外婆突然说了一句："你别在陶厂念，到林头念吧。"

我有些懵。外婆的意思是让我转学。我有些害怕。转学容易吗？怎么转？我一点不了解。外婆见我没反驳，认为我同意了，便说："明天我就带你到陶厂找人。"

第二天她果然领着我，翻过西塔山，到了陶厂中学。她找的是附近村子的一位在学校当教导主任的老师。外婆跟他说了一通，他终于明白我外婆跟他的母亲是老熟人。

那人答应给我们帮忙，让我几天之后，再去办公室找他。他说话的时候，他老婆也在边上，不停地插话，说他的一篇文章又被什么杂志录用了，说编辑写来用稿通知，说这篇文章的稿费应该有十几块钱……我就对那位老师多看了几眼——他会写文章？能在杂志上发表？还能得到钱？

那人并不是在他家会见外婆和我的，而是在校园里的一棵大树下。外婆把袋子的里一只鸡和鸡蛋拿出来的时候，他推了好几次，外婆便把鸡和鸡蛋留在树根边，领着我走了。

几天之后，我拿到了转学证，独自挑着行李回到了大司村，又跟着外婆把行李挑到了林头中学。外婆事先已经打听到林头中学的教导主任叫司有为，他的父亲和我外公生前是好朋友。外婆找到司主任，司主任二话没说，就答应把我安排到司有春老师的班上。司有春老师也是大司村人，他刚刚从巢湖师专毕业，分到林头中学。外婆问能不能让我跟他住，他说行。外婆和我从学校的工地上搬来很多砖头，码成“床架”，又把一张篾床放上去，我就和司老师成了“舍友”。就这样，我在陶厂中学读了两周之后，又成了林头中学的一名新生，而我和班主任同住的待遇也让住着大通铺的同学们羡慕得要命。

我从陶厂中学如此顺利地转到林头中学，就连司有春老师后来也感到惊讶。

不知道外婆怎么突发奇想，让我转学的。可以想象的是，外婆在我离开她去往陶厂中学读书的那十几天中，一定在心里盘算了很多回：该找谁把我转出来，又该找谁把我转进新学校。

我也不知道她是如何打听到谁谁谁在那两所学校里，可以成为她求助的对象。她一个字也不认得，此前遇到任何困难都会独自面对，不愿麻烦别人，而当需要为我低三下四求人的时候，又不惜面子。也该谢谢那些好人，不管是出于对我外婆的同情，还是出于淳朴的乡情，他们都没有表示出为难的意思，而是给了我外婆足够的方便。

外婆为什么要把我转到林头中学，她从来没说过，我也没问过。以我的猜测，至少有两点原因：到陶厂中学，要翻过一座山，不光麻烦，而且据说常有狼之类的野兽出没，她不放心我；从大司村到林头中学，路要好走得多，也近一些，这会让她觉得我离她更近一些。

在林头中学读书的两年里，我不光受到司有为主任和司有春老师的关照，也因为他俩的缘故，得到了很多其他老师甚至他们家属的关心。在我人生的前十几年中，我还没有得到如此多人的这般关爱和恩惠。

林头中学成了我少年时代的一块福地。而这福气的源头，无疑是我的外婆。

七

在林头中学读书的两年中，我每逢两三个礼拜，就要到外婆家去一次，挑米，拿钱，带咸菜。二十里的路程，有客车，但要三毛钱的车费，我好像从来没有坐过，因为三毛钱需要外婆在地里至少忙一天。

外婆后来从没有去过林头中学。我读高中，要花更多的钱，她要把更多的时间花在田地里，才能供养我。我每次回到大司村，家门总是锁的。我把书包挂在门口的钩子上，然后到田里找她；找不到的话，就到山坡的菜地里找，她准在那里。我帮她拎水、浇地，然后扛着锄头或挑着筐子，和她一道回家。

一九八二年的夏天，我参加了高考。分数公布的那天，我要去含山县城看成绩。外婆拿出两块钱给我，又去屋前找来小铁头，让他陪我一道去。

不出所料，我没考上。全校没有一个人考上。回来的路上，我不说话，小铁头也不敢说话。他还不到十岁。他后来嘀咕：我要是考上了，那天肯定会买点东西给他吃的。

在马路边下了车，已是下午三四点钟，走了一截路，就看到在田里薅杂草的外婆，她过一会就朝马路上望一下。我从山岗上走到她跟前，才朝她喊了一声，她立在田里大声问："可考上了？"我没立马回她，往她跟前走了几步，说："没考上。"她又问了一句："小铁头，你二哥真没考上？"小铁头说："没考上。"

外婆手里握着一把草，呆呆地立着，过了好一会，说了一句："回家吧，太阳晒，多喝点水。"然后又弯下腰，开始薅草。

那天中午我和小铁头都没吃饭。回到家，小铁头从他家里端来碗橱里的剩饭，往里面加了热水，和我各分了一碗，呼啦啦地吃了下去。

小铁头后来还告诉我，我外婆让他陪我去，是让他看着我，因为她担心我考不上，想不开，有个三长两短。

八

落榜后，我先后去了含山县城的中学和老家的中学补习，离外婆也越来越远。在老家补习的那年，我没有去过外婆家，不仅因为学习压力大、时间紧，也觉得无颜再去大司村。我接连两年没考取，大司村肯定会有些风言风语，外婆不会没听到，只是她从来没跟我说。

那一年，我比往常更用功，冬天睡觉时，几乎没有脱过棉袄。

外婆从来没有跟我灌输过“刻苦”“用功”之类的话，但我晓得必须这样做。我跟外婆生活那么多年，明白了一个道理：人只有靠自己，才能获得尊严。

一九八四年我终于考取了，虽然只是个专科。我到大司村告诉外婆这个消息时，她正在吃饭，没有露出太高兴的神情，但我知道她内心一定是很高兴的。她放下碗，说：“小姨娘急死了，不晓得你有没有考上，你赶紧吃饭，吃完了到她家去。”她从锅里盛了一碗饭给我吃。我吃完后，就出了门。她端着碗，一直把我送到村前的水塘边。

那是外婆唯一一次送我到村口，也是我真正意义上离开大司村，此后再也没有去过，因为不久外婆就被她的姨侄——小名叫“老虎”的表叔——接去带孩子了。

九

我就读的巢湖师专离老虎表叔家并不远，我去那里看过外婆几次。每次去的时候，她要么坐在摇篮边看孩子，要么蹲在地上择菜。外婆没有儿子，她把几个侄儿看得很重。她那时已经六十好几岁了，按照她的性格，是不会舍下田地，去做半个“闲人”的，只是她的侄儿需要她，她也不好拒绝。她跟我说过好几次“急死人”的话，意思是，闲下来带孩子，真让她不习惯。

第二年，她又去了林头镇，替她的姨侄女儿、老虎表叔的妹妹带孩子。有一次，我去镇上看她，进门，见她趴在桌子上睡着了，瘦小的身子蜷伏着，一动也不动。我立在边上看了很久，也没出声。她醒来后，忽然看到我，一激灵，差点摔到地上。

她赶忙起身去倒水给我喝。

她的步态明显老了。

我临走时，她从口袋里掏出几块钱，说：“家婆挣不到钱了，这几块钱你拿去买点菜吃。”我不肯要，她有些生气：“是嫌少了？”

我只好接了过来。

我从她的语气里听出了衰老后的那种无力。

十

毕业后，我分到老家的县城教书。起初的两年，表弟宗轩跟着我念书，我仅有的五十块钱工资不光要养活我们两个人，还要招待一些过往的同学，几乎每个月都是寅吃卯粮，靠预支下个月的工资度日。那几年，我没有给过外婆一分钱，也很少去看她。她不停地在表叔和表姨两家之间来回跑，帮他们看孩子。她临死前的两年，得了心脏病，身体实在不行了，母亲跟表叔、表姨拉下脸来，硬是把外婆接到我的老家。

外婆到我工作的学校去过一次，是去老虎表叔家取衣物的时候顺道逗留的。我在菜场买了几个菜，用酒精炉慢慢烧，她坐在我的床上静静地看着。肉圆汤烧好后，我盛了一碗端给她，她又拨出一些肉圆子，放进了锅里。这个动作我太熟悉了，她还像以往和我在一起时那样，把她认为好的东西留给我。

那天，我把她送到车站，买了票，又把她送上车子。她隔着车窗望着我，我不敢看她，假装东张西望，看到一个正在卖冰棒的妇女，走过去，买了一根冰棒，走进车厢，递到外婆的手上。她推了推，说："你自己吃，我吃什么冰棒呢！"我没接，赶忙跳下了车子。

对外婆而言，冰棒也是奢侈品。她一生中也没吃过几根。

十一

这些年来，我曾想过无数次，外婆的病是不是不可治？如果她有幸活得稍久一些，等我有了一定的人脉和经济能力之后，能否拜托医生们施以妙手，让她多活些日子？

这当然是假设。在被病魔折磨得生不如死的时候，在我们无力给她提供更好的医疗条件的时候，她早日离开这个世界，未尝不是一种解脱。她起码不会再为她的后代操心这个担心那个，她起码再不会为自己是个“吃白饭的废人”而不安、惶恐，她起码不要被病魔折磨得没有尊严。

死去，是到另一个世界里安眠。外婆终于可以放下一切。

十二

我这几十年，受到过很多人的影响，积极的，消极的，大的，小的，但给我影响最大的无疑是外婆。她对我从没有说教，也很少表露情感，甚至对我从未有过爱抚的话语，但我时时刻刻能感受到她的爱。她留给我最大的人生财富就是两个词：善良、自尊。因为有这两个词垫底，在不知所措时我会豁然开朗，在脆弱时我会变得无畏无惧。

我多次想过，有一天离开这个世界，希望能葬在外婆的身边，陪伴她，让她不孤单，和她再也不分离。唯如此，方能报答她，弥补我对她的亏欠。

后记

一

二〇一二年正月十五那天，年仅三十七岁的表弟宗轩在苏州猝然离世，半个月之后，我和亲友们把他的骨灰送回他的老家。

离开坟地，我回头，回头，再回头，那个我看着长大的人不在这个世上了，我再也看不见他了。一个人在公路上走，走几步，停一下，发呆，不知往哪里去。

忽然想到给一位高中同学打电话。他很快就来了，跟来的还有另一位老同学。上了车子，跟他们简单说了几句事情的原委，我突然冒出一句："我们去大司村。"

不知道为什么会突然冒出这个念头。人在极度悲伤、无助的时候，总会把养育自己的那块母土当作最后的温床吧。

整整三十年，我没去过大司村，可我从来没有忘记它。三十年中，夜阑人静或独自在路上走，常常就会突然想起它，想起它的每一个塘口，每一条小巷，每一条田埂；想起村庄里的一个个人——和我一般大的，比我年长十几二十几岁的，还有那些跟我外婆差不多大年纪的；想起他们说话的样子，想起他们走路的样子，想起他们吵架或流泪的样子。时光凝滞，在我的记忆中，他们还一直是当初的样子。那些死去的人并没有消失，他们在我的心中一直活着——在笑，在哭，在地里流着汗，在巷口端着碗、吃饭、闲聊……

去往大司村的路并不远，也就十几里地。车子在路上疾驰，路两侧依稀记得的影子飞速地在目光中划过：那个叫方山口的村庄和它前面的那条河还在，只是比过去瘦窄了许多；到了福山村（过去叫“福山公社”），原来的供销社及其旁边的池塘，还有我曾读书的学校，都还在；爬过一个缓坡，葬着外公和大舅的桃花山赫然立在远处，大司村就在它的脚下。

心开始怦怦地跳，有种眩晕的感觉。这种感觉几十年来很少有过。

车子在大司村的村口停下。我立在一个土墩子上，向村庄的四周望，望来望去，东西南北也无法分清，一切好像都变了。

往村子里望去，没见一个人影。其实，我更害怕看到有人走过来。望了一会，我说，走吧。

我们钻进车子，走了。

曾一千次一万次想过回到大司村，但我从来没想到真的回来时，前后只待了不到十分钟。

我逃也似的离开了大司村。

大司村如今被划到含山县林头镇。我从五岁开始来到这个村庄，跟着寡居的外婆生活了十三年，几乎每天跟在她身后，看瘦弱的她在田地里，在山坡上，在烈日中，在月光下——刨挖；跟着她学会烧饭、施肥、挖山芋，跟着别的孩子学会捉鱼、游泳、放牛，跟着老师学会认字，从一个懵懂稚童，长成一个青年，然后离开大司村，去外地读书。至今，我仍带着它的体温，带着它的乡音和它的泥土气息，苟活着。

我用“苟活”这个词，似乎有些矫情。但我真是从心底感恩——要不是外婆含辛茹苦，我可能上不了学；要不是那些可亲可爱的乡亲一直温暖着我们这对祖孙，我的心中不可能像现在这样，有这么多的善，还有光明。善和光明，是孤苦的外婆和那座贫瘠的村庄赐予我一生的财富。

二

下决心去到大司村，要感谢陈鹰。

陈鹰长我两岁，是一位酷爱大自然的摄影家，原本我们互不相识。二〇〇八年，我偶然看到他的博客，看他拍的照片，碰到中意的，就拿到报纸上用。他后来知道我在写大司村系列，问过好几次这样的问题：那么想念大司村，为什么不去呢？为什么不去看看小铁头、六三子他们？

我，无言以对。

二〇一七年春天开始，陈鹰又不停地催我去大司村，并说陪我一道，帮我拍些照片。我嘴巴里“嗯嗯”，一直下不了决心。十一月初的一个晚上，陈鹰发来一张图片，我打开一看，是大司村的定位图，慢慢放大，看到了桃花山，看到了几方池塘，碧绿绿的，还看到了那么多熟悉的地名。故人和往事一波波地涌过来。

我在心里感动——知我懂我惜我者，陈鹰也。

我当时一冲动，说，就这个月去。

出发的日子是二〇一七年十一月中旬的一天。

三

快到大司村的时候，我和司先忠（即我文中的小铁头）约好了见面地点——张什村的供销社旁边。

我和陈鹰到达时，一群人正站在路边等我们。最先走过来的是先忠。印象中的他机灵、瘦小，但现在一副沉稳、干练的样子。其他几个人喊着我的小名“强子”，先忠一一向我介绍他们，我看着每一个人的面容，很难找到当初的记忆，除了先忠，我和他们三十五年没见面了。

中午的菜是先忠头一天就跟饭店打好招呼的，有野生泥鳅、野生鱼、野生黄鳝、笨鸡，还有些农家蔬菜。这些菜我都熟悉，似乎就是三十多年前吃的那些菜。我们喝着酒聊着天，他们不曾问一句我的情况，好像是要把时间留给我，让我问最想知道的那些人和事。

饭后，往村庄去，只有一公里多的路，大家走走停停。我像一个盲人，被他们领着。路过我读书的学校了。旁边原来有一个小树林，但现在没了，代之而起的是高高的围墙，校舍被围墙挡着，似乎是个隐秘的世界。

靠近学校不远处曾有个池塘，我在里面洗过澡，还抓过鱼。但现在它似乎变小了很多。我印象中绿油油的稻田现在正荒芜着。曾经的每一条田埂，甚至田埂上每一个缺口的位置我都记得很清晰，现在它们好像都消失了或者挪了位置。

到了村口，第一个见到的是一位老太太，她一眼就认出了我。她是姚善仁的母亲。善仁是我小学和初中同学，我一直想念他。我站在他家门口拨通了他的电话，跟他聊了一会。

又碰到了几位老人，他们一眼就能认出我，可我却不认识他们。我想说点闲话，可是又不知从何说起。旁边的人大概察觉到我的尴尬，领着我接着走。

那天下午，我去了我写过的藕塘、水库大坝，又从穿村而过的巷子开始走，一直走到山脚下。几乎没碰到什么人。那些老旧的房子还在，村子的格局还在；一些人家墙壁上黑黑的砖上长出了墨绿色的青苔，那些青苔或许从四十年前就开始长了，可惜它们不会说话。

从巷子折回来时，碰到了一位佝偻着腰的老人，她是司有早的妻子。有早比我外婆还高一个辈分，死去很多年了。老太太还记得我，扬着头看我，目光里满是慈爱。

走进通往外婆家的那条巷子，房子不在了，但还有几十年前的残砖剩瓦，中间长满了杂草。有人指着剩下的半堵墙，说，那边就是你外婆的家。我站在那里看，怎么也想不起来外婆家的位置，老宅基地上盖起了新房子，却又留下了一块空地。我向四周看看，物是人非，心里倒没有多少伤感。

如果那些残砖剩瓦有记忆的话，它该记得一对祖孙的气息，可是它们不会。外婆去世近三十年。她在客死我的老家之前，已有十几年没有回过她的老房子，但她一定在心里“回去”过无数次。

四

当晚，我们去了巢湖市。我把白天陪我的几个人，包括我小学和初中的班主任张仁道老师一起邀请过来，还叫来了几位最要好的高中同学，请他们吃了顿饭。

第二天一大早，我们就朝大司村去。路上，先忠的弟弟先金跟我说，今天一定要在他的老家吃顿饭，他的爸爸、妈妈一大早就在家准备，他的爸爸还特地划着腰子盆（状如猪腰子的一种小木船，可供一个人乘坐），在我们昨天去过的水库里捕鱼。我一再说，真的不能去吃饭，你的爸爸、妈妈那么大年纪，让他们烧饭，我哪能吃得下呢？先金说，你要是不去，他们肯定会生气的。

快到福山村，我在路边的商店买了一些香火。今天我要去给外公和大舅上坟。

车子在大司村停下，先金给他的爸爸打电话。不一会，他爸爸和他的姑父张益发老师来了，他爸爸脖子上围着一条毛巾，手上拎着一把砍刀。

我们往桃花山去。这座山曾留下过我幼小的脚印，留下过我的笑声、汗水，还有泪水。我后来多次乘车路过这一带，每一次都会在车窗里眺望它。它默然地伫立在天空之下、大地之上，就像我外婆常在暗夜里独自坐在屋子里那张破旧的床上。桃花山在车窗外划过，泪水在我的眼眶里蓄积。

家祥家公在前面走得很快，不停地挥舞着手中的砍刀，把挡路的杂树枝和茅草砍掉。秋日的桃花山，山色正在变红，茅草随风舞动，像白发在飘。

外公和大舅的坟在半山腰上，路很难走。松树、杂树、茅草密不透风。家祥家公很熟悉这条路。他一路挥舞着砍刀，带着我们往山上爬。路过一座坟墓时，他指给我看，那是道兰的坟。道兰是小马的妈妈，她下葬的时候，穿的那条新裤子就是我外婆给她的。

终于到了外公和大舅的坟前。有两块墓碑，上面镌刻着小姨父全家和我们家所有人的名字，密密麻麻。我蹲下来，一一看，忽然发现没有表弟宗轩的名字，看了好多遍，也没看到。我在心里嘀咕：怎么这么诡异呢？后来猛然看到一个名字，“司”字打头的，恍然大悟：大舅生前没有结婚，宗轩这个外甥名义上“过继”给他做儿子，帮他“延续香火”。可是宗轩在三十七岁的时候，死了。

我把带来的香火打开，家祥家公用砍刀在地上画了两个圈，这样的动作我太熟悉了，外婆烧纸时也是这么做的。我给外公、大舅磕头。从十八岁离开大司村，我就没在他们的坟前烧过纸，有时春节在老家去外婆坟前烧纸时，会给外公、大舅烧一些，外公和大舅我都没见过，但心里一直有他们。

让我意外的是，我在烧纸的时候，家祥家公和先金也抽出一些纸和冥币轻轻往火堆里丢，做得那么自然。我心里很感动：他们真的是把我的外公和大舅看作自家人啊。先忠和先金就曾跟我说过，他们每次上坟时，都会给我外婆烧纸，他们弟兄俩一直称我外婆为“大妈”（相当于婶婶）。“大妈那时候对我们太好了。”先忠好几次这样跟我说。

家祥家公还用砍刀把坟边的一些杂树枝和枯草砍掉了。他蹲在地上边砍边说，强子，你外公和大舅的坟真是落在了好地方，我有时清明节来给我爸妈上坟，老远就能看到这一块有浓浓的雾气，像是有仙气一样……“雾气”可能是真的有，但是不是真的有“仙气”呢？家祥家公可能是想逗我开心，或者说他心里装着满满的祝福吧。

从山上下来，我走在最后，一次又一次回望半山腰，浓密的松树林像一块宽大的绿色幕布，幕布中间，有一对父子在那里长眠，风来过，雨来过，我的父母、小姨父、小姨娘来过，我的哥哥、弟弟来过，我也来过。我们都走了，但我们的名字留在他们的墓前，陪伴他们，纪念他们。

五

从山上回来，家祥家公急匆匆地在前面走，我们在后面边走边看，不一会，他就不见了。他要急着回去做饭给我们吃。

到了家祥家公家不一会，长英大姨娘来了。她是我外婆的侄女，外婆做媒，把她介绍给了同村的有竹，老实巴交但极为能干、斯文的有竹多年前就去世了。母亲去大司村，一半的原因就是放不下她这个苦命的表妹。

长英大姨娘一脸的风霜。“强子，你中午到我家吃饭嘛。”她说。

我正在厨房里看先金的妈妈做饭。她叫福梅，我从小就喊她“家婆”，我叫我的外婆也叫“家婆”。

福梅家婆的头发全白了，牙齿掉了不少，腰也勾了。

厨房里，饭菜的热气和柴火烟蒸腾着，福梅家婆正在锅前炒菜，低头炒一下，又抬头笑眯眯地看我一眼。长英大姨娘站在我身边，问：“我家强子有五十岁了吧？”

我说：“大姨娘，我五十多了，我在大司村的时候才十几岁。”

长英大姨娘喟叹一声：“强子都五十多岁了，我们怎么不老呢？”

吃饭时，家祥外公坚决不上桌，他盛了一碗饭，在厨房里吃。

福梅家婆上了桌子。她喝了一杯又一杯酒，不停地大声说：“强子，那个鸡是早上杀的，你多吃点”“那个鱼是早上网的，多吃点……”我说：“家婆，你多吃点菜，少喝点酒啊。”她也不听，端着酒，往嘴巴里倒。

这是我第一次看到福梅家婆喝酒。

吃完了饭，聊了一会，我们就要走了。福梅家婆拉着我的手，脚步有些踉跄，她的手指捏着我的手指，“强子，你要多回来啊！”“强子，你要多回来啊！”她说了好几遍这样的话。我一直没敢侧头看她，要是稍稍侧头看一眼这位看我长大的老人，肯定就会泪流满面。

我还要去跟长英大姨娘打个招呼，她是这个村子里我外婆唯一的直系亲属。她家在一个坡上，我小时候一直觉得那个坡很高，但现在觉得它不过是个缓坡。她家的房子还是四十年前的老房子，格局跟我记忆中的完全一样。我拿出带来的糕点和酒，又塞给她几百块钱，她死活不要。我说：“这是我的一点心意，你拿着吧。”

长英大姨娘拉着我的手，一直把我送到村口。我上车时，她说：“强子，你缓缓走啊。”

“缓缓走”这个词忽然被我听到了。多熟悉！我小时候在大司村，听到外婆送人的时候，说的就是“缓缓走啊”。我有多少年没听到过这个词了。

六

从大司村回来，一直在回想着那两天的每一个细节，大脑中似乎有些迷糊。感到诧异的是，从与先忠他们见面的那一刻起，我并没有事先想象中的激动，反倒是相当平静。事后在大脑中回味点点滴滴时，却有难以言说的深情在心中涌动。这很像我曾经的几次经历：在至爱的长辈或朋友去世的那几天，异常冷静，但几天过去后，忽然发觉世间少了一个人，巨大的悲伤排山倒海般地压过来，一波又一波，无止无休……

两天的时间内，我见了近二十人，但没人问过我的个人情况，包括我的工作，我的家庭，我现在何处，他们像是早已了然于心，也像是根本不关心，也许在他们心中，我还是当初那个孩子，只不过昨天离开村庄，今天又回来了——“一天之间”，一个人会经历多大的事呢？

我去看了藕塘，过去它那么大，从塘口游到对岸，要使出所有的气力，可现在它变得那么小。一个人老的时候，身子会变小、变矮，一口塘也会老吧。

我又去看了水库，它也小了。大坝埂通往山岗的路过去那么陡、那么长，父亲走上去的时候，身子好小，可是现在我看它是那么短，也并不陡啊。

从菊英家到我外婆家门口的那个巷子过去是那么长，现在好像没走多少步，就走完了。它也是老了吗？

抛开泥土淤积对水塘和道路的影响，想来想去得出这样的结论：过去见到的一切都是那么大，令我望而生畏，是因为我过去太小、太弱。隔着几十年的时空，现在他们终于还原成正常的模样。

一切没有什么变化，只是我变得稍稍强大了，而支持我成长的最初营养无疑来源于这个村庄。它是我生命最初的温床。

七

写大司村，开始于十几年前。

十几年前，我从江南的池州市调到安庆市，虽然自己的小家一直就在安庆城区，但对新的工作环境和人际关系还是有些隔膜。每天傍晚下班，同事们陆续走出办公室，周遭忽然安静下来，我就一个人呆坐着，直到夜幕降临，才会离开。走过临街的灯火，岔到一条鲜有人迹的小树林。这里本身没有路，只有我一个人每天从里面穿过，踏着杂草，拨开荆棘。

一个人走在林间，仿佛穿过黑暗的隧道，心会瞬间静下来；心静，就会想起往事、故人，忧伤在心里一寸一寸地漫开来。

喜欢这种感觉。它让我更为宁静，也体验到喜悦。忧伤和喜悦就这么神奇地交错、缠绕，真是美妙。这时候，我愈加怀念外婆，怀念昔日的那些人——他们陪伴了我的童年和少年，滋养了我的童年和少年。无数个夜晚，我在键盘上敲打着那些人的名字，敲打着那些事。往事纷繁，隔着几十年岁月的迷雾，我依然能看到外婆身上的汗渍，看到我养的那条黑猪身上闪亮的鬃毛；几十年的风从耳边吹过，我仍然能听到小姨娘的哭声，听到外婆家边上竹林里的鸟在鸣叫；几十年的人和事抵达身边，我听到自己激动的心跳，看到自己的泪水滴在键盘上……

就这样兴之所至，随手而写，只有一个目的：在回忆、书写的过程中，向一座村庄致敬、感恩。我一再告诉自己：不虚构、不夸张，不矫情，这样才可能保持对一座朴素、朴实村庄的起码尊重。我是个没有写作才华的人，只有老老实实地写，笨拙地写，就像我外婆当年种地一样，没有任何科学手段，只是凭着多年的经验，向每块地里撒下一粒粒种子，洒下一瓢瓢水，施加一坨坨肥料。

从二〇〇九年一直到二〇一三年的四年时间内，我写下了十多万字的“大司村”，后来又不断地修改。修改，也只是校正一些错别字，并没“伤筋动骨”。我发现，想要对每一篇初稿进行大的改动真是太难——任何技术性的修饰都没有起初的那份真情更合我意，那个当时书写的“我”比现在的“我”更懂得那座村庄。

八

《村庄令》这个名字是胡竹峰给我建议的，我欣然接受。

我身边的不少朋友看过这个系列，有人给予热情鼓励，也有人予以批评，认为它们不是“文学”。我不好辩解，只是在心里想：我本来就不是奔着“文学”去的呀！还有人建议我写得虚幻、唯美一点。我说，写不来。这么说，一是能力有限，二是内心抵触。

这本书得以出版，竹峰下了很多功夫。竹峰跟我共事三年，是非常了解我的人之一，无论是与我同事还是后来赴省城高就，一直和我保持密切联系。他跟我说得最多的就是让我“写点东西”。惭愧的是，我是个疏懒、散漫的人，特别贪玩。大概是想激励我写作，他便到处鼓吹我的这个系列，又积极推荐给出版社，并操刀写序，多有溢美之词。竹峰以往帮我做任何事情，我都没说过感谢的话。这一次，我要郑重地说：竹峰，谢谢你！

特别感谢著名作家叶兆言先生。他不厌其烦，题了好几幅签，供我和出版社选择。叶老师的谦和、温暖对我是很大的激励。

著名作家韩少功老师在百忙之中，阅读了书稿，并写下热情的推荐语。我要真诚地感谢韩老师。他的话，我在心中当成鞭策，当成目标。

著名作家潘军老师得知我想在书中增加几幅插图，让文本更为丰富，耐心地挑选出他的一些作品。这些画作给拙著增色许多。谢谢潘老师。

书稿编辑过程中，黄山书社和我的责编张月阳老师花费了大量时间和心思。月阳老师严谨专业的态度，让我既感动，也受益。

九

这本薄薄的书对我来说很重要。它让我有了一个了却夙愿的机会。对于我这样一个普通人来说，能以一本书表达感恩，实在是一件幸运、幸福的事。

谨以此书——

献给养我育我的大司村；

献给我最爱的外婆；

献给关心过我的长辈和朋友；

献给所有善良的人们。

2022 年 7 月 17 日于安庆